AF576337

Amer café

Lettres des Caraïbes
Collection dirigée par Maguy Albet

Déjà parus

Gérard CHRISTON, *Le carnaval des Mamblos*, 2013
Georges LENO, *Chronique des lilas*, 2012.
Raphaël CADDY, *Les trois tanbou du vieux coolie, Tomes 2 et 3*, 2012.
Germain SENSBRAS, *« Mangé cochon » à Karukera*, 2012.
Beaudelaine PIERRE, *L'enfant qui voulait devenir président*, 2012.
Jacqueline Q. LOUISON, *L'ère du serpent,* 2012.
Joël ROY, *Variations sur un thème détestable*, 2011.
Jean-Claude JANVIER-MODESTE, *Un fils différent*, 2011.
Beaudelaine PIERRE, *La Négresse de Saint-Domingue*, 2011.
SAST, *Le Sang des Volcans*, 2011.
Claire Marie GUERRE, *Clone d'ange*, 2011.
Sabine ANDRIVON-MILTON, *Anatole dans la tourmente du Morne Siphon*, 2010.
José ROBELOT, *Liberté Feuille Banane*, 2010.
Yollen LOSSEN, *La peau sauvée*, 2010.
Sylviane VAYABOURY, *La Crique. Roman*, 2009.
Camille MOUTOUSSAMY, *Princesse Sitā. Aux sources des l'épopée du Rāmāyana*, 2009.
Gérard CHENET, *Transes vaudou d'Haïti pour Amélie chérie*, 2009.
Julia LEX, *La saison des papillons*, 2009.
Marie-Lou NAZAIRE, *Chronique naïve d'Haïti*, 2009.
Edmond LAPOMPE-PAIRONNE, *La Rivière du Pont-de-Chaînes*, 2009.
Hervé JOSEPH, *Un Neg'Mawon en terre originelle. Un périple africain*, 2008.
Josaphat-Robert LARGE, *Partir sur un coursier de nuages*, 2008.
Max DIOMAR, *1 bis, rue Schoelcher*, 2008.
Gabriel CIBRELIS, *La Yole volante*, 2008.
Nathalie ISSAC, *Sous un soleil froid. Chroniques de vies croisées*, 2008.
Raphaël CADDY, *Les trois tanbou du vieux coolie*, 2007.

Roger Edmond

Amer café

Récits

L'Harmattan

Ouvrages du même auteur :

Les enfants de la terre brûlée, Les Éditions du CIDIHCA, Montréal, 2008.

Les chevaux de bois, Les Éditions du CIDIHCA, Montréal, 2005.

L'enseignant, l'école, la communauté, Les Éditions DAMI, Montréal, 2002.

5-7, rue de l'École-Polytechnique ; 75005 Paris

http://www.librairieharmattan.com

diffusion.harmattan@wanadoo.fr

harmattan1@wanadoo.fr

ISBN : 978-2-343-00531-7

EAN : 9782343005317

Je dédie Amer Café
à ma sœur aînée Gisèle Edmond
dont la vie a été un exemple de courage,
de persévérance et de partage continu.

Je le dédie aussi
à ma très chère épouse Rennes
dont le soutien a été plus que nécessaire,
indispensable même à la réalisation de l'œuvre.

Et puis... j'écris pour l'amour de mes filles
Daphné et Guylaine qui m'ont fait la grâce de
pouvoir chérir quatre « petits bonheurs » :
Sacha, Anne Éloïse, Anaïs et Ludovic Roger.

• Remerciements •

Mes remerciements à mes parents défunts Rose Anna et Lafayette Edmond. Ils m'ont donné le goût du savoir et ont éveillé en moi la sensibilité pour les gens simples de mon pays natal.

Tout mon amour à mon épouse Rennes, ma conseillère, ma complice dans le choix des thèmes d'étude, la première lectrice de mes textes.

Ma profonde gratitude et mon indéfectible attachement à mon fidèle ami Lionel Jean pour m'avoir accompagné avec patience, courtoisie et dévouement.

Ma longue et sincère amitié à Henri-Gérard Brierre, passionné de la langue française et de ses petits secrets. Hommage à notre enfance à Jérémie !

Que Rennes, Lionel et Henri-Gérard veuillent bien me pardonner si je n'ai pas suivi à la lettre leurs généreuses recommandations !

I

L'ami Pierrot

(Récit)

• 1 •

LA PLUPART DES VILLES ET VILLAGES QUI FORMENT LES GRANDES et les petites Antilles sont situés sur les côtes fouettées par les vents venus de la mer ou bien sont blottis au pied d'une colline. Verdoyante ou même dénudée, celle-ci les domine, les protège. La mer, qui *est aussi profonde dans le calme que dans la tempête,* constitue pour les insulaires un havre de prédilection. Elle attire pêcheurs et vacanciers, transporte vivres et passagers, les conduit vers d'autres ports pour atteindre de lointaines ou proches destinations, apercevoir enfin de clairs horizons. Le voyageur curieux, avec ou sans bagages, pourrait en une journée, peut-être deux, partir en bateau de Port-au-Duc, la capitale de la partie occidentale de l'île d'Haïti et contourner toute la presqu'île du Sud. Il pénétrerait ainsi dans les criques profondes creusées par les vagues de pluie, les bourrasques et les ressacs violents. Il atteindrait les baies bordées de plages blanches, touchant ainsi à d'importantes villes : Miragoline, Petit-Trou-de-Nîmes, Grande-Goyave, Anse-à-Vaches, Marie-Grande-Dame, Anse-des-Aînés, Port Salutaire, Petit-Burin, etc. Ce sont des villes de la côte qu'on a peine à nommer tant elles sont nombreuses, tant elles ramènent aussi à ceux qui les ont désertées des images bouleversantes, fascinantes et pleines de vibrants souvenirs. Trou-de-Nîmes, Pistoles, Des-Rosiers, Jémine et principalement Coraux-Verts offrent le cadre physique à l'événement qui se serait produit, il y a plus de cinquante ans.

Coraux-Verts, au tout début des années 1960, figurait encore parmi les coquettes villes de la région. Avec sa forme géométrique, le village est quadrillé par huit rues bordées de maisons neuves et anciennes. Celles-ci datent du dix-neuvième siècle. Penchées, elles résistent encore aux cyclones dévastateurs qui balaient cette zone tropicale. De nombreuses familles, portant pour la plupart des patronymes français, formaient, en ce temps-là, le tissu social de cette localité grouillante alors d'activités de toutes sortes. L'achat et l'expédition de café à la capitale constituaient le principal champ d'intérêt des habitants. Environ un millier de personnes partageaient la vie, les joies comme les douleurs de la communauté.

Sans être matriarcale, la société reposait fortement sur le rude labeur des femmes qui avaient la charge d'organiser la maison, de soigner les enfants, qu'ils fussent grands ou petits. Car, à part ceux qui s'étaient improvisés spéculateurs saisonniers en café, les jeunes hommes vivaient, même après être devenus des adultes accomplis, au crochet de leurs mères, celles-ci s'affairant quotidiennement à prendre soin d'eux. Les autres étaient tailleurs, forgerons, cordonniers, etc. Rares étaient ceux qui œuvraient dans la fonction publique : l'officier d'état civil, le greffier au tribunal de paix, le directeur du service postal (service remarquable pour sa lenteur), le préposé au service des contributions. Les instituteurs et les institutrices assuraient le bon fonctionnement de l'école publique avec leurs élèves de tous âges, le classement ne se faisant pas comme dans les grandes villes ou comme, aujourd'hui, dans les pays industrialisés. Au-dessus de ce beau monde, les représentants des pouvoirs étatiques : le maire pour l'Exécutif, le juge de paix pour le Judiciaire, le commandant du sous-district pour l'Armée, le prêtre pour l'Église catholique, un avocat et quelques « fondés de pouvoir » (hommes de loi autodidactes habilités, surtout en province, à plaider auprès des tribunaux de première instance).

Le grand commerce, quant à lui, se développait à un niveau supérieur autour de quelques négociants, une dizaine d'hommes environ, qui donnaient l'impression d'être très fortunés, mais, au fond, étaient très endettés auprès des commerçants de Jémine ou de Port-au-Duc. Le cœur du village battait au rythme des saisons : la bonne s'étendant d'octobre à février (c'est l'hivernage), et la morte qui commence au mois de mars pour s'achever approximativement à l'équinoxe de septembre.

À la place publique, en face de l'église, se tenait le marché hebdomadaire du vendredi que précédaient régulièrement les nocturnes du jeudi. C'était le carré-marché, ainsi appelé parce qu'il était formé de quatre côtés dont trois presque égaux étaient constitués de vieilles demeures et d'une seule maison jeune. Au bout, à l'est, un ruisseau, côtoyant le pittoresque temple, cheminait vers la mer, servant ainsi de frontière entre la ville et son faubourg où s'entassaient les villageois les moins fortunés. Le cours d'eau, lorsqu'il avait plu durant deux ou trois jours, devenait impétueux, presque un vrai torrent roulant tout sur son passage, même les deux petits ponts jetés l'un en amont et l'autre en aval. Au-delà de cette limite, c'était l'espace de la misère hideuse où les hommes de toutes catégories allaient se cacher pour jouir de leur sexualité en exploitant les femmes sans défense et souvent dans le besoin.

Voilà. La table est partiellement mise pour situer et comprendre l'essentiel : l'histoire d'une ville, d'une vie, celle de l'ami Pierrot. Est-elle vraie ou irréelle, fantastique ou invraisemblable ? Ou bien, mélange-t-elle tout simplement les genres pour troubler certains esprits ? L'imaginaire et le réel constituent les deux facettes d'un tout unique mais complexe et contraignant. L'homme se voit vivre, et ce qu'il voit, il lui semble le lire dans un poème, dans un récit, à travers un drame ou une tragédie. Le passé, alors, transfigure les choses jusqu'à leur attribuer âme, couleur et parfum. Car la réalité ne traduit pas toujours ce que saisissent les sens, mais seulement ce que l'âme éprouve et extrait du monde qui l'entoure.

Il était né un certain jour de juillet à la place du marché, Pierrot, ce garçon tout frêle que la communauté dans sa parole-fraîcheur avait fini par baptiser du surnom l'Ami. Ainsi tous les gens du village se reconnaissaient en lui. Il grandissait en compagnie de sa sœur Soulotte, de peu son aînée, sous les yeux de leurs parents vieillissants et croulants. Le fardeau qu'était l'éducation des deux enfants, aussi précaire fût celle-ci à cette époque, s'était révélé très lourd. Soulotte apprit la couture, la broderie; lui, le métier de tailleur pour hommes. Ils vivaient tous deux en parfaite harmonie. La sœur, bonne conseillère pour tout le monde, d'ailleurs, faisait, quand il le fallait bien, des recommandations à son frangin :

— Demain, c'est dimanche, tu iras à la messe, n'est-ce pas ? À tout âge, il est bon de prier Dieu. Le Père n'établit aucune différence entre les enfants, les adultes et les vieux.

— Mais à quoi bon prier, moi-même, puisque tu vas le faire pour moi ?

— Tu te trompes, mon ami, répliquait-elle en souriant. La prière annule, selon les livres saints, même les « décrets » de Dieu.

Elle prenait plaisir, en s'exprimant ainsi, à taquiner le garçon, sentant bien qu'en aucun cas elle ne saurait lui imposer une ligne de conduite. Le dimanche qui suivit l'une de ces conversations, Pierrot accompagna sa sœur à l'église, Soulotte marchant clopin-clopant, son frère à sa droite, en tenue de ville. La jeune femme, maintenant à trente-cinq ans bien sonnés, n'avait pas encore trouvé quelqu'un disposé à lui conter fleurette. Dame Nature, dans son insolente cruauté, lui avait infligé un sérieux handicap à la hanche droite, de sorte qu'elle ne parvenait point à harmoniser les mouvements de ses pas. Pourtant, la pureté de cette âme aurait comblé des hommes peu soucieux des attraits purement physiques. Peut-être s'était-elle aussi fermée à toute forme d'avance pour tenir la promesse faite à sa mère, même encore vivante, de s'occuper de Pierrot si fragile et si fier.

Parvenu à trente-trois ans — l'âge du Christ, répétait-on —, le jeune homme ne s'était en effet mêlé de rien qui eût pu ternir sa réputation. Il n'était ni intrépide ni batailleur. Quand il déambulait tranquillement dans les rues de la ville ou qu'il allait prestement, sans se faire remarquer, faire exulter son corps à l'autre côté du village, il avait toujours les deux bras qui balançaient de droite à gauche : comme pour se rencontrer. Mais le verbe, même timide, était sonore, prompt et ordonné pour défendre un point de vue, une idée qu'il croyait juste. Jamais il ne s'était emporté au cours d'un échange de propos ou d'une discussion même serrée. Il était pour tout un chacun l'ami Pierrot, le sage. Plus sensible aux actions pleines d'humanité qu'attiré par la violence, au contraire de ses amis pétris d'arrogance. Quand ceux-ci, en cercle fermé, racontaient leurs exploits sexuels, Pierrot gardait cette neutralité qu'adoptent souvent les êtres soucieux de ne blesser personne.

Mais un soir, comme d'habitude, les jeunes hommes s'étaient regroupés autour du haut palmier qui trônait sur la place du marché. Chacun y allait de sa plus étonnante prouesse :

— La nuit, les chats sont gris, lança, insouciant, l'un d'eux.

— Les gens ne nous voient pas, mais peuvent bien nous entendre, rétorqua Pierrot. Et nous entendre, c'est pratiquement nous voir.

Le jeune homme avait compris, beaucoup plus que les autres, la force que détient la voix quand elle perce les ombres, les ondes, même calmes et limpides qui composent la nuit. Et là, Pierre, Jean, Jacky et les autres racontèrent leurs performances sexuelles, leurs maladresses délibérées dans le but de faire mal et d'humilier les pauvres femmes qui n'avaient pour survivre que leur chair à offrir.

— Je l'ai fait ramper à quatre pattes, s'enorgueillit Antonio. Elle y était obligée puisqu'elle était payée pour ça.

— Je n'hésiterais pas, renchérit Fabrice, à me mettre à la queue leu leu pour...

— Ne va pas plus loin, interrompit l'ami Pierrot. C'est de la violence, tout ça. Rien d'autre. Pourquoi devrait-on ravaler un être humain à l'état de bête ?

Il ajoutera plus tard, à d'autres occasions, que la violence a coutume d'engendrer la violence, que la haine aussi fait naître la haine. Que seuls le respect et l'amour peuvent encore couvrir la plupart des débordements et des fautes attribuables à l'humain.

Du côté ouest de la ville, au-delà du pont *L'Étoile* d'où les promeneurs pouvaient aisément jeter un regard inspiré sur la baie endormie, les villageois avaient fondé le club social *L'Union*. Ils s'y réunissaient tous les dimanches, après l'office religieux, les jeunes de Coraux-Verts arrivés de la capitale ou de Jémine où ils avaient été étudier. C'était durant les vacances d'été, de décembre ou de Pâques. Ils se retrouvaient là joyeux pour danser, pour discuter et s'adonner à des jeux de société. Il était de convenance de solliciter l'aide de quelqu'un pour prononcer une causerie sur un sujet relatif à l'histoire, à la poésie, à la littérature. L'ami Pierrot n'était pas un littéraire. Il se contentait de jouer aux dames, aux échecs chinois. Marcel et Robert étaient alors ses partenaires. Ses camarades et ses aînés témoignaient tous continuellement de ses qualités de gentilhomme. Courtoisie, respect des autres, modestie constituaient les éléments de sa personnalité. Un jour, alors que le ton des échanges frisait la cacophonie, quelqu'un lui demanda pourquoi il restait si souvent coi en ces circonstances. Il répondit qu'il fallait que des gens cessent de parler pour que d'autres puissent s'exprimer.

Pierrot, qu'on se le rappelle, était tailleur pour hommes. Il n'avait pas choisi le métier de spéculateur en café au contraire de ses concitoyens de Coraux-Verts. Dans ce métier-là, il fallait savoir oser pour gagner un tant soit peu d'argent. Soulotte, en plus d'être couturière, disposait, comme la plupart des autres femmes, d'un étal offrant des marchandises de toutes sortes : des « bonbons-sirop », du maïs, du pain, surtout du pain acheté au détail chez les grandes boulangères de la ville. On raconte que la sœur et son frangin possédaient quelques biens familiaux. Sinon, comment auraient-ils pu subsister en se privant de l'achat du café et de la vente de cette denrée sur laquelle était fondée l'économie du village ?

Les grands spéculateurs et de jeunes héritiers de fortunes géraient des domaines, quelque dix carreaux de terres au plus, qui laissaient un peu de place à la culture vivrière. Les hauteurs de Mont-Beau et celles du sud-est du pays (à huit cents mètres d'altitude) produisaient et produisent encore des caféiers aux fruits juteux, véritables grappes de cerises qui faisaient, en ce temps-là, la joie et la prospérité des habitants de cette ville. Malheureusement, le plateau des Icaques, à l'amont de la rivière (pourtant bonne productrice), n'était pas doté de ces remarquables possibilités.

La commercialisation du café, surtout dans certains coins de province, prêtait à de multiples manifestations telles la jalousie, l'exploitation des paysans vendeurs et l'ambition déchaînée des plus voraces. En revanche, il importe de signaler, tout ce que le trafic, le transport, la manutention de la denrée ajoutaient de stimulant à la vie de la charmante communauté. Une fois le café acheté et entassé dans des soutes — chaque maison d'un grand spéculateur en possédait une —, il était emballé dans des sacs pesant en moyenne 150 livres. Certains négociants spéculateurs y mettaient parfois cinq à dix livres de plus. Pour le transport d'une maison de commerce au quai du village d'où des centaines de sacs de l'indispensable denrée devaient être expédiées à Port-au-Duc, les grands commerçants engageaient des portefaix. En général robustes, quelques-uns mal en point, ces travailleurs portaient sur leur dos jusqu'à deux sacs de

160 livres pour pouvoir gagner plus, afin de vivre mieux : 50 à 75 centimes de gourdes, les fardeaux à déplacer. La durée et le volume de travail accompli ne dépendaient souvent que d'eux seuls. À les voir traverser en chantant les rues de son village, Pierrot comprenait mal qu'ils fussent si injustement traités. Pourquoi les gens, songeait-il, doivent-ils crever en cherchant juste à survivre ? Est-ce la malice des hommes qui le veut ainsi ? Au son de la musique, artisanale celle-là, un tambourin ou deux morceaux de bois frappés l'un contre l'autre, ils marquaient la cadence pendant toute une journée, quelquefois deux ou trois, selon les saisons. L'ami les observait avec autant de tristesse que d'admiration, eux qui dansaient, le poids sur les épaules, s'évertuant à alléger le poids du jour brûlant. Ils fredonnaient des airs sans doute improvisés qui correspondaient bien à leur situation précaire. Le jeune homme n'en voulait à personne. En fait, il reconnaissait la raison d'être de ce commerce qui faisait vivre femmes, enfants, toute la population. Mais Pierrot ne pouvait s'empêcher de compatir à la misère des autres, surtout quand il voyait le plus frêle de la bande, Chibi de son surnom, s'éreinter sous de lourds fardeaux. Ces travailleurs s'appelaient Bossi, Piti, Frédéric, Sinéma et tant d'autres encore dont les origines, d'ailleurs, n'intéressaient personne. Pierrot s'apitoyait sur le sort de ces infatigables manœuvres qui bossaient, qui bossaient.

« Ces valeureux hommes doivent avoir beaucoup de courage pour travailler aussi inlassablement », réfléchissait-il tout bas. « Comment font-ils pour se lever le matin, se préparer à affronter leur dure journée ? Et puis... il faut que d'instinct ils fondent une famille, qu'ils aient des enfants qui n'auront devant eux que l'horizon de leurs parents.

L'avenir est incertain pour eux. Cela suppose un rude courage », ne cessait-il de répéter.

Ainsi passait la vie, ainsi coulaient les jours de l'ami Pierrot : à travailler assis devant sa grosse machine à coudre à pédale, quelques clients venant de temps en temps essayer leurs habits neufs, faire rapiécer un pantalon usé ou retaper un veston décousu. Soulotte, à sa droite, répétait les mêmes gestes. À l'occasion, ils échangeaient des mots, tous les deux attentifs aux demandes de plus en plus pressantes des pratiques. Aucun acte déplorable ni inconsidéré n'avait été commis, jusque-là, à l'endroit d'un ami, ou de quiconque. Sauf cet incident apparemment banal qui avait momentanément troublé la vie calme et sereine de cette humble famille.

Des témoins, aujourd'hui dispersés, ont raconté une scène, la seule attribuée à Pierrot comme un acte contraire à son tempérament et à ses dispositions naturelles. Cela s'était passé au cours de son adolescence. Le garçon avait à peine quinze ans.

Une journée de juillet, vers le milieu du mois peut-être, un petit groupe de jeunes, chacun muni d'une fronde, étaient partis à la chasse aux petits gibiers. À leur retour, comme il était de coutume, le groupe devait se réunir chez l'un d'entre eux pour la bonne grillade et un festin de rois. Mais l'histoire s'était terminée autrement. Ils avaient, en riant, en trottant, traversé *La Chaussée*. Ce chemin, long de quatre kilomètres environ, sépare le village du lieu en forme de combe où les vacanciers se rencontraient habituellement pour pique-niquer. Ils longèrent la rivière du même nom qui coule depuis la formation géologique de cette région. Arrivés à un carrefour dont une branche conduisait au sommet du morne, ils choisirent la voie qui, par un petit cimetière presque abandonné, permettait d'atteindre le cours d'eau à l'endroit où celui-ci offrait plus d'espace pour se rafraîchir.

Certaines gens ont toujours peur, quel que soit leur âge, de fouler la terre où sont inhumés des êtres chers ou non à leur affection. Peur de troubler la paix des morts en marchant sur leurs têtes, en piétinant leurs âmes.

Soudain, les jeunes, complètement saisis, virent dans les broussailles un serpent tout vert qui rampait vers eux.

« Sauve qui peut ! cria l'un d'entre eux. Rebroussons-chemin ! Courons ! ».

En un rien de temps, ils avaient tous détalé. Mais Pierrot, figé sur le terrain, comprit qu'il était resté seul face à la bête, dont il craignait la morsure.

Le danger le plus grand, répète-t-on souvent, est justement celui de la peur. L'adolescent fut pris d'une profonde frayeur. Il parvint quand même à extirper son « *fistibal* » qu'il tenait toujours dans la poche gauche de son pantalon, souvent pleine de galets. Et, visant la bête, il atteignit d'un geste prompt la tête du reptile qui s'était, comme par une inhabituelle insolence, dressé devant lui. Ah ! Que d'actions et de gestes démesurés pose-t-on quand on ne maîtrise plus rien ! Pierrot, en proie à la panique, s'empara d'une pierre plus grosse que son poing, dont il asséna un coup à la tête de l'inoffensif animal. Il le fit avec force par des frappes répétées. Puis, la crampe au ventre, il courut rejoindre ses camarades. Mais sans leur souffler mot de ce qu'il venait de vivre. Il passa le reste du temps à chasser avec eux, à boire de l'eau de coco et à en déguster la noix. À la tombée du jour, quand le soleil couleur d'or de la Caraïbe s'apprête à s'effacer sous la ligne d'horizon, il rentra chez lui, calme et serein comme il l'avait toujours été. Dans son sac, un ramier, un pic-bois (serpentier pour les enfants-chasseurs de la région) et deux passereaux qu'il avait nonchalamment tirés vers la toute fin de la journée. Il partagea avec sa sœur le fruit de son équipée sans lui faire pour autant part de sa mésaventure. Trois semaines passèrent. L'incident, anodin en soi, revenait à sa mémoire et lui tenaillait l'esprit. Au bout de vingt-deux jours, une dame habitant au sommet de la colline, du côté ouest, tout près de la caserne, se rendit à la place du marché, gravit les deux marches qui conduisaient à la maison de Pierrot, y pénétra et s'adressa à sa mère, le père étant absent ce jour-là :

— *Madanm, fò m pale avè w. Son kokenn chenn bagay mwen vin la a pou m di w. Pitit ou an danje. Mwen pap egzajere.* (Madame, il faut que je vous parle. Je viens vous parler d'une affaire très importante. Votre fils court un grand danger. Je n'exagère pas.

— *Ki danje ? Dim sa wap di m nan klè,* s'empressa de répondre la mère de Pierrot. De quel danger s'agit-il ? Soyez claire !

Soulotte, qui avait poliment reçu la voyante, se précipita à la recherche de son jeune frère, le mot « danger » l'ayant profondément troublée. Car ils vivaient en symbiose tous les deux. La jeune fille revint aussitôt à la maison, accompagnée du garçon complètement désemparé puisqu'il avait entendu sa sœur prononcer en tremblant le mot fatidique : mourir. Il avoua donc à sa mère attristée ce qu'il avait fait durant cette journée-là, journée qu'il s'efforçait d'effacer de ses souvenirs. Il reconnut que c'était la peur qui lui avait dicté tout son comportement. Pierrot sentait le besoin de protéger sa mère et sa sœur bien-aimée de toute forme d'inquiétude. Ne lui avait-on pas enseigné que la couleuvre, le serpent quel qu'en soit le nom, était signe de malheur et de malédiction ! Que c'était à l'instigation d'un animal rampant qu'Adam et Ève avaient péché en croquant dans la pomme, dans le fruit défendu. Toutes ces légendes avaient façonné son esprit et fait de lui un garçon sage, respectueux et discret.

La mère de Pierrot ne se contenta pas de réprimander son fils. C'était son unique garçon. Elle n'allait pas en rester là, sans rien tenter. *Tout venn sansib pou san.* Nous réagissons tous à tout ce qui arrive à nos enfants.

— *Sa nap fè, manman ?* Que devons-nous faire ? demanda-t-elle à la visiteuse.

C'est de cette façon que des gens, dans le langage propre au vaudou, en signe de soumission ou de déférence, s'adressent à celles ou à ceux à qui ils attribuent un certain pouvoir sur leur destinée.

— *Wap pran yon bokit dlo benit pou al lave tonm grann ou pandan de semèn e yon jou.* Vous allez prendre un seau d'eau pour laver la tombe de votre grand-mère pendant deux semaines et un jour.

— *Wi, manman.* Oui, maman.

— *Apre sa, wa bay pè a fè yon mès pandan 7 jou pou mande Nòtredamlamizerikòd pwoteje tigason an.* Ensuite, vous ferez chanter une messe pendant sept jours pour demander à Notre-Dame de la Miséricorde de protéger votre enfant.

— *Wi, manman.* Oui, maman.

— *Pou fini, fèl bwè yon tas kafe anmè chak maten pandan 17 jou.* Pour terminer faites-lui boire une tasse de café amer pendant 17 jours.

Ainsi continua la dame, en martelant d'autres recommandations encore plus contraignantes les unes que les autres. Le garçon devait s'abstenir de manger de la chair de porc, de bœuf ; même la volaille lui était interdite à certains moments de l'année. En revanche, il pouvait consommer de la viande chevaline (contrairement à la coutume des habitants de Coraux-Verts), symbole de puissance, dispensatrice d'un pouvoir décisif de résistance au sort qui lui était jeté. De plus, il devait se rendre à l'église tous les matins et jeûner le vendredi. Et cela, jusqu'à ce qu'il atteigne sa maturité : 21 ans. Les parents de l'adolescent avaient écouté avec effroi les prescriptions sentencieuses de la dame descendue de la colline. Ils avaient assuré à celle-ci, au nom de leur fils, que ses conseils seraient respectés et suivis à la lettre.

Il n'est pas donné à tout le monde de connaître les mystères. La plus étrange sensation que l'on puisse éprouver, c'est celle de l'inconnu qui entoure l'existence. Dans ce pays de la Caraïbe, la mer, le ciel, les montagnes, les dolines, les objets et les mots sont gorgés de secrets soigneusement dissimulés.

C'est dans l'imaginaire, il paraît, qu'on découvre l'innocence et la naïveté d'un peuple. Partout au pays, dans ce village surtout, des récits décousus, dépourvus de tout bon sens, étaient rapportés par des gens pourtant sains d'esprit. Ils déclaraient, sans sourciller, avoir vu une personne bien connue de la communauté s'envoler comme un oiseau et fendre l'air, le ciel comme une fusée, éjectant du feu derrière elle. Elle voyageait ainsi la nuit de Coraux-Verts à Jémime, de Jémine à Pistoles, la ville voisine. Ou encore, ils affirmaient avec un brin de médisance que Madame X était devenue veuve après avoir transformé en cheval son obéissant mari et l'avoir fait galoper durant toute une nuit, sans gêne ni compassion aucune. Bien des villageois prêtent foi à ces sortes d'histoires; rares sont ceux qui n'y voient que des racontars dépassant l'entendement.

Mais quel pouvait être ce mystère que la devineresse toute de noir vêtue était venue révéler ? Quelle énigme angoissante avait-elle voulu démêler ? L'histoire n'a pas tout rapporté. On a cependant fini par savoir qu'une mystérieuse femme avait visité Pierrot, Soulotte et leur pauvre mère, et avait semé chez eux, dans de nébuleuses circonstances, le doute, la confusion, enfin la plus extrême frayeur. La mère de Pierrot s'était-elle résignée à suivre les avis pressants de la voyante ? Soulotte avait-elle accompagné son jeune frère jusqu'au bout, jusqu'au décès de leur mère ? Il semble que le garçon aurait tout d'abord suivi sagement les consignes, du moins celles qui étaient raisonnablement applicables à tout moment. Pendant deux ou trois mois, peut-être quelques jours de plus, il s'y serait plié. Puis, ayant constaté qu'il ne lui était rien arrivé de fâcheux, il aurait lâché prise et se serait remis à manger toutes sortes de viandes dont il avait été privé jusque-là. Personne ne se souvient toutefois de ces menus détails. La mémoire en a perdu une bonne partie de ce dont elle était remplie.

• 2 •

À CORAUX-VERTS ET DANS LES ENVIRONS, LE COMMERCE DU CAFÉ occupait tout l'espace. Les camions arrivaient de Mont-Beau, chargés de sacs remplis de cette denrée. Ils étaient rapidement vidés de leur contenu, puis repartaient quelques heures plus tard faire un nouvel arrimage dans les hauteurs de Fond-Bois et revenaient dans la nuit pour être déchargés. Le spéculateur devait payer deux gourdes et cinquante centimes pour chaque sac transporté des mornes à la ville. Et pour expédier le tout à Port-au-Duc, il devait acquitter d'autres frais de transport auprès des capitaines de voiliers qui effectuaient le trajet rapidement ou lentement, selon la densité de la récolte, au rythme des saisons. Une gourde par sac de café, c'était le prix payé aux armateurs, eux-mêmes capitaines de leurs propres bateaux. Tant d'histoires ont été racontées, tant de légendes rapportées au sujet de ces petits navires qui filaient sur les eaux de la Caraïbe, parfois emportés au loin par de mystérieux courants ou engloutis dans des « entonnoirs », gouffres marins d'où ils ne s'étaient jamais sortis. Les diseurs d'aventures profitaient de la crédulité de leur auditoire pour mêler les croyances, les mystères, les *Iwa* et les dieux, jetant ainsi un déroutant défi à la logique simple et au sens commun des choses. Tel capitaine possédait un don pour parler aux grains et changer la direction des vents. Tel autre esquissait un signe cabalistique s'adressant aux quatre points cardinaux, comme pour imiter le signe de la croix, avant de hisser les voiles et de quitter le port. Aussi, disait-on, il pouvait raccourcir l'espace, abréger la durée du voyage, apaiser le temps. Par toutes ces manifestations, le commerce du café occupait l'esprit, le cœur et la vie socioéconomique de la presque totalité des villageois. Mais ce n'était pas tout.

Il était rapporté aussi que certains armateurs, négociants de la grande région, s'arrangeaient pour charger à l'extrême limite leurs petits transporteurs. Ils pouvaient les remplir d'une trentaine de sacs de café environ, après avoir rempli le fond du navire de matières plus pesantes. Cela donnait évidemment au bâtiment l'apparence d'être plein à craquer. Au moment où la cargaison allait quitter le port, le négociant faisait parvenir à son partenaire de la capitale un télégramme lui annonçant le départ du bateau et son arrivée dans les jours suivants. Le chargement était, de cette manière, automatiquement assuré. Les esprits curieux se demandaient comment la compagnie d'assurance pouvait garantir l'authenticité des expéditions sans les avoir, au préalable, fait examiner, vérifier complètement. Il appert que ce procédé favorisait des manœuvres cachées : en pleine traversée, une voie d'eau était déclarée ; les marins regagnaient le rivage dans leur canot de bord, puisque, à ce moment-là, il n'y avait pas de passagers. Le tour était bien joué. Les personnes concernées par cette opération obscure escroquaient beaucoup d'argent pour la perte du bateau et de son contenu. Ce qui faisait croire aux gens superstitieux que certains hommes ou femmes d'affaires avaient vendu leur âme au diable, aux *Iwa,* aux esprits maléfiques qui rôdent dans le monde pour la perte de tous. Mais ces pittoresques récits faisaient-ils partie des légendes de province, ou de la réalité ?

Le commerce du café ouvrait toutes les portes, faisait naître toutes les occasions. Tout le monde en profitait. Personne n'y était indifférent. Il était à la base de toutes les entreprises, de toutes les initiatives. La rentrée des classes dépendait de la récolte à venir, puisque certains parents escomptaient même les profits qu'ils devaient en tirer pour envoyer leurs enfants à l'école. Les fêtes de fin d'année étaient arrosées par les revenus provenant de la forte saison. Et l'été, la denrée devenait si rare qu'on aurait fait n'importe quoi pour en dénicher un sac plus ou moins bien rempli, une ou deux marmites et parfois même, à celui qui avait cherché longtemps, quelques grains, çà et là, dispersés.

Et justement, ce mois de juillet-là, la denrée était rare, presque introuvable. On pouvait compter sur les doigts d'une main les maisons de commerce qui en achetaient. Quelques-unes, par mesure de précaution, par prévoyance surtout, avaient mis de côté une dizaine de sacs en attendant la remontée des prix. Car à ce moment précis, le commerce redevenait plus intense et plus lucratif.

Donc, un matin de juillet, on chuchote des mots dans la ville, des paroles qui résonnent comme une rumeur. Une rumeur qui d'heure en heure persiste et s'étend. S'infiltre dans les maisons, à travers les fenêtres, par les murs mal construits : un bateau a échoué, tout près de la Grande-Île qui protège les baies de Pistoles et de Coraux-Verts des vagues et des vents venant du nord. Un navire chargé de gros sacs de café. Il vient de Jémine ou des côtes plus lointaines de l'ouest de la presqu'île. On ne fabule pas ! Cette fois-ci c'est probablement vrai ! Alors de jeunes hommes exhibent avec fierté leur butin. Aucune gêne à le montrer. Ce n'est pas un péché. Aucune loi n'est enfreinte. Un bateau à la dérive, qui échoue sur des récifs peu visibles, n'a ni port à atteindre ni biens à récupérer. Les matelots, effrayés par ce qui s'est passé, ont tout abandonné. La cargaison est sans âme. Le navire sans guide. On sourit à l'idée que l'été est assuré. La nouvelle était en fait parvenue la veille, dans l'après-midi du jeudi 22 juillet 1960. Un groupe de treize personnes s'est aussitôt constitué. Treize jeunes bien portants, sans doute bien-pensants, conçurent le projet de se rendre jusqu'à Pointe-des-Sables où une fausse manœuvre avait conduit le bâtiment beaucoup trop chargé. Ils étaient partis discrètement, sans rien dire à personne, même à leurs plus proches amis, avec la tête pleine d'espoirs fondés sur le café dont ils allaient librement profiter. Le canot était grand, suffisamment pour permettre à chacun de se dégourdir les pieds et les jambes après avoir ramé avec enthousiasme et empressement. Sous la voûte des étoiles qui scintillaient légèrement, la lune avait gardé tout l'éclat de son lustre d'or. Ces jeunes étaient pleins d'innocence puisqu'ils n'allaient rien voler. « *Sak atè se pou chen* ». Ce qui traîne par terre est laissé aux chiens. Mais ce café qui flotte sur la mer ou qui repose au fond des eaux revient aux hommes forts, aux nageurs intrépides capables d'affronter la tempête et l'orage : Jacky, Boby, Ricky, Bony, Solan, David, Isler et les autres. À leur arrivée, le pont du bateau est désert et la cale remplie. Les treize hommes, heureux dans l'action entreprise, se servent allègrement. Les sacs de café un peu humides sont balancés du pont au canot. Et après s'en être bien pourvus, ils se retirent en chantant au clair de lune : « Marin, ton lit c'est la mer. Ton toit, les nuages... » Ils sont tous revenus au sein de leurs familles (ceux qui en avaient une) pour jouir amplement des fruits de leurs exploits. Avec l'idée, sans doute, d'y retourner une deuxième, une troisième fois jusqu'à l'épuisement total des ressources du navire déserté.

• 3 •

À CORAUX-VERTS, CE MATIN-LÀ, ET DURANT TOUTE LA JOURNÉE, les villageois s'adonnent à leurs habituelles occupations. Deux, trois fournées de pain chez la boulangère Anne, quelques autres retardées par manque de travailleurs disponibles et d'un « boss » chevronné, des étals plus ou moins garnis, mais assez bien rangés. Certaines maisons de commerce dont les réserves financières ne sont pas à sec ouvrent leurs portes et exposent leur pèse-café leur (balance), prêt à recevoir le produit, à le peser et à fixer son prix. Pour ceux qui ne travaillent pas — ils sont nombreux dans cette situation —, c'est, en quelque sorte, la manne tombée du ciel. Ils savent qu'ils vont, d'une façon ou d'une autre, bénéficier de cette miraculeuse récolte que Dieu dans sa bonté leur a envoyée. Ils pourront ainsi tenir jusqu'au mois de novembre quand les paysans dévaleront les mornes, ânes et mulets lourdement chargés pour réactiver la vie dans la communauté.

À Pistoles, la ville voisine, le bruit du naufrage du bateau avait également fait son chemin. Mais les choses ne s'étaient déroulées ni en même temps ni de la même manière. Partis au petit matin sur de frêles embarcations, ils étaient vingt et un quand ils atteignirent le navire encore rempli. Ils s'étaient organisés, très bien organisés. Un premier groupe était parti en éclaireurs dans un petit canot un peu plus d'une demi-heure avant l'arrivée des trois autres pelotons formant le gros de l'expédition. Il avait pour mission de contourner le navire échoué et de vérifier si aucun vigile ne bougeait sur le pont. Après deux tours complets, si rien n'était à signaler, le son du *lambi* devait se faire entendre, suivi d'un coup de feu. Étaient-ils tous armés ? Personne n'a pu le confirmer. On aurait cru qu'ils avaient l'habitude de vivre ces grands moments. Ils s'emparèrent de la grosse part du butin, laissant ainsi le bateau plus léger, qui recommença alors à flotter. Ils montraient, de cette façon, leur sens d'adaptation à des situations pleines d'imprévu, parfois dramatiques. La mer pour eux n'avait pas de secrets. Le café pour eux, c'était de l'or des champs. Rentrés à la maison, ils ne firent pas la fête. « Motus et bouche cousue », telle était la consigne. De peur que des propos échappés n'aillent frôler quelque part des oreilles indiscrètes. Tous les participants à cette petite odyssée devaient se taire jusqu'à ce que l'horizon soit clair, complètement épuré.

À Coraux-Verts entre-temps, les préparatifs allaient bon train pour un deuxième voyage. Le groupe s'était discrètement reconstitué. Quelques-uns avaient cependant décliné l'invitation lancée par Jacky de reprendre la mer. Ils s'étaient contentés de ce qu'ils avaient obtenu l'avant-veille : quelques sacs de café qu'ils faisaient sécher au soleil dans l'arrière-cour de leur maison. Pour pallier ces défections, il fallait recruter d'autres membres afin de reformer le groupe.

« Pourquoi ne pas inviter l'ami Pierrot ? pensa Jacky, le meneur. Ça lui ferait du bien. Beaucoup de bien. »

En effet, en raison de la morte saison, Pierrot ne faisait rien qui vaille. Et Jacky le croyait bien mûr pour une telle aventure. Il se dit alors qu'il ne fallait pas perdre de temps. Le temps comme le café étaient pour lui très précieux. Au moment où le jeune homme venait à traverser le ruisseau qui séparait les deux parties de la ville (il suivait chaque matin le même chemin pour aller respirer l'air frais de la montagne), Jacky l'interpella et lui fit signe de s'arrêter. Le petit pont était situé de biais par rapport à la dernière maison de commerce du musclé meneur. Ils s'assirent sur l'un des parapets, Pierrot prêtant l'oreille aux exhortations de son interlocuteur.

— Aimerais-tu gagner un peu d'argent ? Plus que tu n'en as jamais eu d'un seul coup ? Est-ce que cela t'intéresse ?

— Qui n'est pas intéressé à compter quelques gourdes dans ses poches ? En connais-tu un dans le monde d'aujourd'hui ? Tout dépend de la manière dont cela se fait.

Cette réaction ne surprit aucunement Jacky. Il s'y attendait.

— Qu'importe la manière, objecta-t-il, es-tu intéressé ? Oui ou non ?

— Je ne peux pas te répondre tout de suite. De quoi s'agit-il ?

Jacky soumet alors sa proposition à Pierrot. Le soir, la nuit — ils sont déjà au nombre de douze —, ils entreprendront un second voyage, le premier leur ayant été assez profitable, pour récupérer le reste de la cargaison de café qui moisit dans la cale du navire échoué sur la côte de la Grande-Île qui freine les fortes vagues venues de l'océan. Il ajoute, en pondérant le ton, que Pierrot n'est pas forcé d'y aller, mais qu'il n'a rien à perdre et que c'est sans danger. Le jeune homme, quelque peu hésitant, ne promet rien sur le champ. Ou du moins, il pose la condition, avant d'agir, de consulter sa sœur. Il promet à son interlocuteur de lui apporter une réponse, qu'elle soit positive ou non.

Soulotte n'élève jamais la voix quand elle parle aux gens. À l'endroit de son frère, elle en mesure davantage les inflexions. Mise au courant de ce singulier projet, elle esquisse un sourire, tout étonnée d'entendre celui-ci lui parler d'un bateau qui avait fait naufrage en cachant dans son sein une énorme quantité de sacs de café. Puis, elle se ressaisit pour éviter le pire, pour le ramener à la raison au cas où il s'en serait écarté. Elle n'ignore pas que le jugement ne suffit pas toujours pour faire triompher le bon sens et qu'il faut aussi et surtout l'adhésion du cœur. Elle décide alors d'embrasser les deux.

— Tu n'as jamais été mêlé à ces sortes d'aventures. Tu ne t'es jamais impliqué ni dans l'achat ni dans la vente de café. Pourquoi, aujourd'hui, devrait-il en être autrement ?

L'argument est de taille. Sur le coup, Pierrot ne répond pas. Il prend le temps de réfléchir, de trouver l'argument déterminant. Son entretien avec Jacky a fait miroiter à ses yeux tout le bénéfice qu'il pourra tirer de cette escapade nocturne en mer.

— Je sais. Et je comprends fort bien tes craintes, tes réserves, ton appréhension à me voir partir pour une course dont tu ne peux prévoir l'issue. Tu m'as tellement surprotégé.

— Je ne t'ai pas surprotégé. Que vas-tu chercher là ? J'ai seulement, dès ta plus tendre enfance, promis à mes parents, à ma mère surtout, de toujours veiller sur toi. Que diront les gens lorsqu'ils apprendront que toi, Pierrot, mon frère, tu auras aveuglément suivi des hommes plus costauds, plus intrépides que toi dans une folle aventure ? Tu sais, ce qui te distingue des autres, c'est ta nature, ta façon d'être, ton sens des responsabilités.

À ces mots, le jeune homme devient plus agité. Il s'évertue à convaincre à tout prix sa sœur, à la rassurer du bien-fondé de son éventuelle participation au voyage annoncé. Il sait qu'il est tout pour elle, qu'elle est tout pour lui. L'un à l'autre soudé, partageant le même idéal, les mêmes valeurs morales. Mais la proposition de Jacky l'a définitivement séduit.

— Si je vais là-bas, ce n'est pas pour suivre, ce n'est pas pour tuer. Jacky m'a affirmé qu'il n'y a pas âme qui vive sur le pont du bateau. Tout l'équipage a fui le navire échoué.

— Et alors ? Rien pour me convaincre que vous avez le droit d'aller prendre ce qui ne vous appartient pas.

— Voyons, Soulotte, nous n'irons pas voler ! C'est toi qui m'as toujours dit qu'il ne fallait pas laisser flétrir les fruits de la nature ; qu'on ne devait pas laisser périr ce que le Bon Dieu nous donne. Vois-tu, les grains de café ne peuvent germer au fond de l'océan. Ils vont pourrir s'ils restent dans l'eau.

En entendant Pierrot affirmer « nous n'irons pas voler », Soulotte comprit que son frère s'était identifié au groupe, que désormais il faisait partie de l'équipe. Le jeune homme avait-il pour de bon échappé à l'influence de sa sœur ? C'était la première fois qu'il lui tenait tête. Elle en fut très contrariée. Mais elle dut finalement se plier. Elle comprit aussi que ce n'était pas par mépris du danger que son frère comptait partir, mais bien par un désir d'apporter du nouveau au train-train quotidien. Et puis, la morte-saison s'était tout à fait bien installée. Les petites réserves, les frêles économies continuaient de s'amenuiser. La tête altière, la jeune femme s'était mise à lutter contre certaines privations dont elle commençait déjà à souffrir. « Peut-être, réfléchissait-elle, bénéficierons-nous d'un nouveau souffle qu'apporterait un peu plus d'argent. Juste un peu pour nous remettre à flot et faire face aux mauvais jours. Sinon ceux-ci seront sans doute plus pénibles à traverser. » Soulotte promit alors de repenser à toute la question. Elle ne voulait d'aucune façon être séparée de son frère. Ils se devaient d'être solidaires dans les bonnes comme dans les décisions risquées.

Il était midi passé. Il faisait chaud, intensément chaud. Cette chaleur qui étourdit et qui frappe. Elle se dégage de la terre, du sol poussiéreux comme la vapeur du jour un matin de brouillard. Le soleil, plus brillant que jamais, la fait danser en voiles qui s'effilent. Il tanne la peau, la durcit quand la bonne brise de mer ne vient pas en adoucir la rigueur.

De l'autre côté du village, Jacky attendait patiemment que l'ami Pierrot accepte son invitation. Son espoir demeura inaltéré au-delà de la tombée du jour. De son côté, Soulotte gardait le silence. Ce silence était-il pour elle le sanctuaire de la prudence ? Qu'attendait-elle pour parler ? Sa tête allait-elle éclater, sa responsabilité devenait-elle trop lourde ? Elle restait persuadée pourtant que Pierrot voulait agir pour le bonheur des deux. Que son frère y allait pour elle, au nom de leur père, au nom de leur mère. Il était huit heures du soir quand elle sortit de son mutisme. Penchée sur sa vieille machine à coudre, elle fit à son frère un signe de la tête pour lui donner l'accord que celui-ci attendait depuis cinq heures déjà. Elle ne détachait pas son regard de sa machine, la tête baissée comme si elle éprouvait de la honte. Elle commença à égrener toute une litanie de recommandations que Pierrot écouta avec respect, humilité, dans un profond silence :

« Garde-toi bien de faire tout ce que feront tes compagnons. Ne tente aucune bravade. Car il ne faut pas confondre bravade et bravoure. *Prekosyon pa kapon.* Être prudent ne signifie pas qu'on est poltron pour autant.

Il est une sauvegarde naturelle que tous les êtres humains devraient porter en eux-mêmes. Elle est avantageuse et salutaire à tous ceux qui pratiquent la sagesse quand ils se décident d'agir. Cela s'appelle la prudence. Garde-la toujours au fond de toi.

Quelque brave qu'on puisse être, il faut éviter l'imprudence. Les marins de notre région sont très expérimentés. Mais ils ont peur du *Nordé* qui, par une bordée, peut les entraîner ailleurs, loin de leurs demeures.

Aussi incompréhensible que cela semble le montrer, c'est par faiblesse pour toi que je te laisse partir là-bas. Je ne voudrais pas qu'on dise que tu n'y es pas allé parce que tu voulais rester attaché à la jupe de ta sœur. Ce ne serait pas bien pour l'image que les gens se feraient de toi. Je veux tout simplement qu'ils sachent que tu n'es pas un dégonflé. Les tonneaux vides font beaucoup de bruit. Tu le sais. Tu en as déjà vu et entendu.

Que pourrais-je ajouter que tu ne saches déjà ? Tu es mon frère, le seul que j'ai. Mon réconfort, mon complice, mon avenir, s'il en existe un pour moi. »

Elle n'en finissait plus de lui parler, de le conseiller, de revenir sur leur passé : leur enfance réglée, mesurée à l'aune de l'obéissance et de la discrétion. Elle lui rappela même l'incident qui avait gâché cette partie de chasse au cours de laquelle il avait tué le serpent, la visite de la dame en noir... Elle se leva lentement de sa chaise en paille, se dirigea vers le couloir qui menait à sa chambre, en marmonnant quelques bribes de phrases que Pierrot dans son bouleversement éprouvait du mal à lier. Puis elle s'arrêta soudain, se retourna et lui demanda, le regard sombre :

— À quelle heure devras-tu rencontrer Jacky ?

Sans lui laisser le temps de répondre, elle poursuivit :

— À 10 heures, je présume ! Les voyages discrets se font toujours la nuit.

Elle hésita un instant avant d'ajouter :

— Ne me réveille pas au moment de t'en aller. Je ne veux pas être là pour te voir partir. Et j'ai bien peur que je ne puisse de sitôt me rendormir. Le sommeil est agité quand il est entrecoupé. Mais je serai toujours là pour te voir revenir.

Pierrot descendit le perron de trois marches qui donnait accès à la petite maison. Il traversa la Place du marché, jeta un regard sur la coquette église, franchit lentement le pont avant de se trouver face à Jacky qui faisait le guet de l'autre côté du ruisseau. Une poignée de main. Tout était entendu, le projet conclu.

La ville devait s'endormir même si paraissait dans le ciel un éclatant clair de lune. Les garçons accompagnés de jeunes filles déambulaient habituellement dans les rues, faisant trois ou quatre fois le tour du village avant de rentrer se coucher en toute quiétude pour trouver le sommeil. Ce soir-là, tout était rompu. Soulotte plongea dans un sommeil tourmenté. Des songes cauchemardesques venaient sans arrêt se bousculer dans sa tête. Ses craintes, ses peurs resurgirent. Elle vit surgir un nombre effarant de soldats et de miliciens furieux, armés jusqu'aux dents, qui venaient l'arrêter. Ils défoncèrent sa porte sans ménagement. Sa mère était là, hébétée, étourdie, qui implorait la pitié de ces hommes agissant par instinct d'odieuse barbarie. « Ma fille est innocente et mon garçon aussi ! » criait-elle. Les rêves s'arrêtèrent là. Au dehors, la nuit restait encore calme, sereine et même souveraine.

• 4 •

Ils étaient au nombre de onze. Onze jeunes hommes fin prêts pour le départ. Deux du groupe original s'étaient désistés quelques heures auparavant. Dans un tout petit voilier, ils avaient amassé une vingtaine de sacs en sisal (*sak pit*) en vue de recueillir les graines de café humidifiées par l'eau huileuse de la cale du navire échoué. Cette fois, pour le deuxième voyage, ils avaient tout prévu ou presque : des rouleaux de ficelle pour fermer le bout de chacun des sacs, des pelles pour ramasser au plus vite les graines éparpillées. Ils levèrent l'ancre vers onze heures au sein de la nuit claire. Parmi eux, Fénélon, le seul qui n'était pas de leur rang, de leur appartenance. Il avait été appelé là pour servir de guide, connaissant mieux que quiconque la mer et ses caprices, qualifié pour conjurer le mauvais sort et ramer durant des nuits entières sans manifester la moindre fatigue, le moindre énervement. La cadence des rames qui brisaient l'eau, la brise de terre qui soufflait, tout concourait à pousser le voilier. Sans aucune violence qui imprègne l'âme, ils étaient animés chacun par des motivations personnelles. Fénélon, le plus fauché de tous, ramait énergiquement tout en dédiant des airs à Agwe, dieu de la mer, maître de céans, roi de ces lieux. Il réclamait la protection de celui-ci pour que tout se passe bien. À l'aide d'une longue pagaie servant aussi de gouvernail, il se tenait à l'arrière du voilier, les deux pieds bien ancrés dans la place réservée habituellement au capitaine, jouant de tout son corps. Lui ne demandait rien d'autre qu'un demi-sac de café pour pouvoir achever la construction de son humble chaumière. Cette année-là, le prix élevé du café avait augmenté en raison de la morte-saison. Cinquante livres de ce produit pouvaient rapporter gros à celui qui en vendait. Plus rare il se faisait, plus cher il coûtait. Les occupants du petit navire avaient chacun un projet dans la tête. Alors, ils s'écoutaient raconter leurs rêves, leurs espoirs. L'un aspirait à devenir spéculateur pour s'asseoir lui aussi à la table des grands. L'autre achèterait de la farine de blé à sa femme pour qu'elle fasse du pain, beaucoup de pain. Pour quelques-uns, c'était l'occasion d'acquérir un ou deux complets en vue des fêtes de fin d'année. L'ami Pierrot, dans tout cela, ne soufflait mot. Il avait hâte que l'exploit ou l'aventure — qu'importe le nom — se termine. Qu'il puisse revenir chez lui, mener avec sa sœur leur vie simple et modeste d'avant. Cette expérience, il ne la ferait qu'une fois, car il n'avait jamais quitté sa maison auparavant.

Le voilier glissait sur l'eau, laissant dans son sillon de légères franges d'écume. Tandis que la mer respirait tranquillement, chacun de ses gracieux mouvements englobant des minutes d'éternité.

Ils finirent par s'endormir tous. C'était la nuit profonde. Fénélon à l'arrière gouvernait le voilier.

• 5 •

La plupart des habitants de Coraux-Verts, pour se promener le soir ou se déplacer durant la nuit, disposaient de lampes de poche, de « flashs » comme on les appelait, qui pouvaient projeter la lumière jusqu'à 800 mètres. Les plus fortunés de ces hommes en possédaient qui contenaient six piles de dimension moyenne. Debout près de l'église à l'est, ils pouvaient avec facilité braquer les feux de leurs « flashs » sur la caserne à l'extrémité ouest de la ville. C'était même devenu comme un jeu d'enfants, une gageure pour qui parvenait à viser le plus loin possible.

Debout à la proue du voilier, Jacky sortit sa lampe de poche et examina l'horizon depuis peu à moitié assombri. Un cortège de nuages gris commençaient à ternir l'éclat de la lune.

— Réveillez-vous, cria Jacky, nous sommes presque arrivés. Il est près de minuit.

— Pendant combien de temps encore devrons-nous voyager ? s'enquit timidement l'ami Pierrot.

— Dans moins d'une heure, nous atteindrons notre but, les rassura Jacky.

Ils recommencèrent à écouter Fénélon qui, posté à l'arrière du voilier, continuait à chanter, maintenant la cadence de ses deux pieds robustes.

— Il semble que des échos de voix nous parviennent jusqu'ici, risqua l'un deux. La mer ordinairement ne produit pas ces bruits étranges.

Fénélon mis à part, seul Jacky avait déjà fait, en de multiples occasions, l'expérience de la mer. Il s'était habitué à traverser la barre de coraux pour se rendre à Jémine. Il lui était arrivé, au cours d'un voyage, une fâcheuse aventure. Lui et ses compagnons avaient dû aborder à la nage les côtes de Pattes-Larges, après que leur frêle esquif eut fait naufrage. Il était aussi le seul à avoir lu, dans la petite bibliothèque de son jeune frère, les exploits de Surcouf, le capitaine corsaire français qui avait écumé l'océan Indien de la fin du dix-huitième siècle au début du dix-neuvième. Robert Surcouf, avait-il déclaré lors d'une causerie prononcée au club socio littéraire *L'Union* en 1956, a été le plus grand corsaire de tous les temps.

« Bien que destiné à la prêtrise, cet homme entreprit à treize ans son premier voyage sur Le Héron où il fut engagé comme apprenti navigateur. »

« Treize ans ! vous vous imaginez ! avait-il poursuivi. À cet âge, tous les adolescents sont chez leurs parents. »

Passionné des prouesses de ce marin, il avait raconté le parcours de celui-ci du début à la fin : son passage sur *La Créole, La Cybille, La Clarisse, La Confiance, Le Revenant.* Les trois derniers bateaux, Surcouf en était devenu le capitaine. Tout au long de son discours, Jacky n'avait raté aucune occasion de manifester sa forte admiration pour Robert Surcouf qu'il décrivait comme un homme brave, intrépide, audacieux, rusé, qui pouvait se jouer de l'ennemi avec une étonnante habileté. Son extrême enthousiasme envers ce grand capitaine le poussait à mimer les moindres gestes et les moindres paroles de celui-ci. Parvenu à la phase la plus saisissante de l'histoire, agissant comme un enfant, il avait pris deux bateaux miniatures pour décrire l'une des batailles navales de Robert Surcouf. Le grand capitaine, en effet, chaque fois qu'il s'apprêtait à attaquer un navire de la marine marchande britannique, hurlait : « À l'abordage », l'expression attendue par les membres de l'équipage. C'est ainsi que *La Confiance,* 18 canons et 190 hommes, sous les ordres de Surcouf, avait saisi *Le Kent,* 40 canons et 437 hommes.

Jacky avait exposé en détail les tactiques de combat du valeureux capitaine.

« À la fin d'une bataille, l'ennemi une fois anéanti, Surcouf, avait-il expliqué, sonnait l'hallali, sorte de cri de guerre qui accordait à son équipage le droit de tout prendre, de se servir à volonté, de s'abattre sur l'animal en détresse. » Et pour terminer sa causerie, comme pour montrer la fierté de l'homme, Jacky avait raconté qu'après la ratification de la paix entre la France et la Grande-Bretagne, alors que le capitaine participait à un dîner en présence de ses anciens ennemis britanniques, l'un d'eux lui aurait lancé cette phrase provocatrice :

« Enfin, Monsieur, avouez que vous autres, Français, vous vous battiez pour l'argent tandis que nous, Anglais, nous nous battions pour l'honneur... ».

Calme et direct, Robert Surcouf lui aurait répondu :

« Certes, Monsieur, chacun se bat pour acquérir ce qu'il n'a pas. »

Jacky avait conclu sa présentation en affirmant qu'il aurait aimé vivre à l'époque de Surcouf et que s'il devait renaître et jouir d'une seconde vie, il demanderait au Créateur de lui accorder la chance d'être un marin doté des mêmes talents que le grand capitaine.

Dans la salle, les gens s'étaient montrés étonnés devant ces derniers propos si peu raisonnables par sa retenue. « La passion n'a point de limites. La sagesse ne vient pas avec l'âge. Comment un adulte est-il arrivé à penser ainsi ? » chuchotaient les auditeurs. Jacky n'avait jamais été sage. C'est ainsi qu'il allait entraîner dans sa folie d'autres camarades pourtant plus lucides que lui.

• 6 •

Le voilier continuait sa route et maintenait le cap. Des clameurs venant du navire échoué commençaient à emplir plus intensément la nuit. La lune, morte d'inquiétude et choquée par la menace du malheur qui s'annonçait, était allée, à pas feutrés, se cacher derrière de gros nuages. Deux étoiles filantes se croisèrent dans un ciel pâlissant. Deux autres suivirent le même itinéraire. Trois astres lointains émergèrent du firmament et s'effacèrent soudain. Jacky, pénétré dans son imagination des exploits de Surcouf, héla ses hommes :

— Nous sommes à moins d'une heure du fabuleux butin. Nous sommes ici pour ramasser, emplir nos sacs et rentrer chez nous. Attendez mes ordres avant d'accoster. Soyez prêts à tout, même à faire la guerre.

— De quelle guerre parles-tu ? intervint Pierrot d'un air surpris et complètement troublé. Il n'a jamais été question de faire la guerre. D'où sors-tu ce mot-là ? Tu m'avais parlé d'action non violente, de promenade au clair de lune, d'un moment de plaisir où l'on pouvait joindre l'utile à l'agréable. Maintenant tu m'entraînes au combat. La guerre pour qui ? La guerre pour quoi ? Contre qui ? Contre quoi ?

Pierrot se sentait gagné par la colère, lui qui n'aimait pas perdre le contrôle de lui-même. Il se rappela, l'espace d'un instant, toutes les discussions qu'il avait eues avec sa sœur ; les hésitations de celle-ci fondées sur ses peurs et la crainte du qu'en-dira-t-on. Il comprit qu'il avait été trahi, que Jacky lui avait menti dès le début de cette aventure. Il constata avec la même amertume la faiblesse des autres face à l'impudence de cet adulte qui se prenait dans sa folie pour un corsaire. Alors il lui revint à la mémoire les moindres gestes de cet homme au moment où celui-ci prononçait de grands discours, lorsqu' il se promenait coiffé d'un grand chapeau en paille, aux larges bordures, portant à sa hanche un coutelas très visible. Ce qui incitait certains à murmurer qu'il était mentalement déséquilibré ; d'autres pensaient tout haut qu'il était tout simplement léger.

L'ami Pierrot réfléchit pendant quelques minutes à ce qu'il pouvait, à ce qu'il devait faire. Allait-il demander qu'on rebrousse chemin et qu'on le débarque à Pistoles ? Personne n'aurait accepté une telle requête. Un voyage à rebours est un trajet sans but. D'un autre côté, se jeter à l'eau, nager jusqu'au rivage, aux plages des îlots de Coraux-Verts, aurait été lâche et imprudent. Ill décida donc de ne rien faire, ni combattre ni frapper. Puisqu'il n'avait pas d'ennemis à tuer, pas de richesses à conquérir, il allait résister aux ordres de Jacky, le meneur.

Comme on approchait du navire légèrement penché sur un côté, une voix mêlée à d'autres voix se fit entendre :

— N'abordez pas. Reculez. Le bateau n'est pas à la dérive.

— Comme s'il n'avait rien entendu, Jacky entonna, à sa manière, le refrain de guerre que ses ancêtres esclaves avaient chanté lors de leur décisive bataille contre l'armée de Napoléon Bonaparte : « Grenadiers, à l'assaut ; *sa ki mouri, zafè a yo.* Tant pis pour ceux qui meurent. »

Quel absurde coup du sort que la situation de cet homme-enfant qui guidait des adultes conscients vers un lynchage certain ! Jacky, à cet instant, avait perdu l'esprit, aux yeux de Pierrot. Il avait cessé d'être pour lui un être raisonnable. Il venait de briser le pacte que le frère de Soulotte avait, de bonne foi, accepté de signer, après longues réflexions.

« Ce serait de la folie que d'entreprendre ce combat qui est, à tout point de vue, au-dessus de mes forces », jugea-t-il.

Les autres, au contraire, obéissaient aux ordres et chantaient alors ensemble, debout dans le voilier dont Fénélon, campé à l'arrière, commençait à ralentir la course.

« Grenadiers, à l'assaut, *sa ki mouri, zafè a yo. Nan powen manman, nan powen papa, sa ki mouri zafè a yo.* Il n'y ni maman ni papa, ceux qui meurent, tant pis pour eux. »

Ce cri de guerre ne fit qu'enhardir les occupants du bateau qui avaient eu le temps d'aller à Jémine et de revenir se poster dans le fond du navire, après avoir constaté l'étendue des dégâts que représentait la perte d'une quantité considérable de sacs de café. Ils avaient donc juré de se venger. N'a-t-on pas dit que l'assassin revient toujours sur les lieux du crime ? Donc les marins savaient que les « pillards » allaient tôt ou tard revenir pour achever leur œuvre. Ils s'étaient dès lors bien préparés : des pierres entassées aux points stratégiques du navire ; à la proue, à la poupe, à tribord comme à bâbord, tout était surveillé.

Et ce refrain, qu'écoutaient les matelots depuis plusieurs minutes, hérissait de plus en plus :
« Grenadiers, à l'assaut, *sa ki mouri, zafè à yo. Nan pwen manman, nan pwen papa, sa ki mouri, zafè a yo.* »

S'adressant à Jacky, le capitaine cria cette mise en garde :
— *Pa pran pòz Lwijanboje w. Ou pa konn sak kap tann ou. Se yon po kann ak yon nich foumi ki rezève pou w.* Ne prends pas ton air de Louis-Jean Beaugé (titre attribué dans la tradition folklorique haïtienne à tout individu brave, téméraire et fort qui ne reculait devant rien, devant personne), tu ne sais pas ce qui t'attend.

L'avertissement était ferme et clair. Il annonçait d'un ton sans équivoque que ces jeunes, innocents pour la plupart, allaient tous se faire massacrer. Mais le meneur n'en crut pas un mot. Il était convaincu que cette menace, apparemment destinée à être dissuasive, était en réalité une coquille vide, qu'il n'y avait pas grand monde à bord de son voilier qui y croirait.

En fait, les matelots s'étaient cachés, après être revenus plus nombreux qu'avant le naufrage. Dans un sursaut d'emportement, Jacky sonna l'hallali de l'adversaire :

« À l'abordage ! Prenez tout. Renversez tout obstacle. Ne ménagez rien. »

La réponse de l'ennemi fut terrifiante. Une pluie de grosses pierres s'abattit sur des hommes affolés, sans armes et sans défense. Certains marins piquaient, à coups de longues pagaies, la tête, le flanc de ces imprudents qui se débattaient pour survivre, paraient les attaques en se protégeant de leurs mains, de leurs coudes, en se cachant la tête comme pour éviter le pire. D'autres harponneurs vinrent se joindre aux premiers. Armés de gourdins, ils matraquaient tous ceux qui cherchaient à grimper jusqu'au navire. Ils firent semblant de les aider à s'accrocher, à atteindre la passerelle. Ils les hissèrent tout en les rouant de coups. Quel lamentable dénouement pour des gens sans histoire ! Quel spectacle pitoyable pour de jeunes hommes qui se sont fait prendre à ce projet aventureux ! Ils furent tous ligotés, battus jusqu'aux os, aux jointures, aux poignets, aux pieds.

L'ami Pierrot, tout au cours du tabassage, s'était replié à l'arrière du voilier immobilisé. Quand il s'aperçut que l'eau y pénétrait rapidement, il décida d'abandonner cet endroit devenu risqué. Au moment où il se levait pour trouver un plus sûr refuge, il fut violemment atteint d'une grosse pierre qui le projeta à la mer. Bon nageur, et n'ayant pas encore réalisé la gravité de sa blessure, il plongea durant quelques secondes sous l'eau pour tenter d'émerger de l'autre côté du voilier. C'est ainsi qu'il reçut en plein visage une, deux, trois frappes de pagaies que des marins furieux lançaient directement contre lui.

Jacky et ses hommes venaient de se faire prendre au piège comme des rats. Ficelés, étendus sur le pont du navire, ils ne pouvaient ni parler ni bouger. Le soleil du matin ne fit que caresser leurs membres ensanglantés. Mais quand arriva le milieu du jour, ils durent supplier leurs geôliers de leur donner à boire. « À boire, à boire, par pitié ! » Tant la chaleur leur cuisait la peau, tant elle leur était devenue insupportable et cruelle. On comptait les conduire plus tard, vers la fin de l'après-midi, à Jémine d'abord pour être remis à la police locale, ensuite transférés à Port-au-Duc afin d'être jugés pour délits politiques. Car l'affaire, il était facile de l'aiguiller sur cette voie, venait de prendre une « allure politique », transpirait la révolte, susurrait-on, contre le Chef suprême de l'État qui s'était attribué tous les pouvoirs et voyait partout des opposants à son gouvernement.

• 7 •

EN CE VINGT-DEUXIÈME JOUR DU TORRIDE MOIS DE JUILLET, LES clameurs, les rumeurs étaient empreintes des couleurs du temps. De la grande île aux mornes abritant Coraux-Verts, le vent les avait poussées jusqu'aux oreilles inquiètes d'une population en éveil.

Ils ont été faits prisonniers, soufflaient les uns.
Sont-ils tous vivants ? risquaient les autres.

Tous les passants, par la nouvelle affolés, levaient les bras au ciel pour implorer Dieu :
« Protégez-les, Seigneur ! Ce sont tous vos enfants. Ils ne sont pas méchants, ils n'ont pas voulu nuire. »

Puis, à la rumeur succéda la nouvelle, de plus en plus poignante, de plus en plus pathétique :
« Un homme manque à l'appel, Il faut y aller voir. »

Les réactions se manifestèrent en chaîne :
« Qui a pu s'échapper de cet affrontement sanglant ? » Ou bien : « Qui est peut-être mort au bout de son sang ? »

Les citoyens, dans l'angoisse et le malheur plus que jamais solidaires, dépêchèrent un canot motorisé, cette fois, qui devait ramener le blessé. À peine deux heures suffirent pour toucher le bateau où les hommes de Jacky étaient retenus prisonniers. Prisonniers d'inconnus de la nuit, aujourd'hui leurs geôliers. Écrasés par la honte, frémissants d'angoisse. Le gendarme et le juge de paix, qui avaient pris place à bord, apostrophèrent les marins aux aguets. Ils leur firent savoir qu'ils étaient venus établir le procès-verbal de cet acte délictueux commis sous leur juridiction. Ils décidèrent d'accomplir trois tours de bateau avant de grimper à bord. Ils s'apprêtaient à se hisser au niveau du pont quand ils virent tous les deux à la poupe, coincée entre l'hélice et le gouvernail, une forme humaine qui semblait flotter. Elle avait la tête enflée, le visage mutilé. C'était l'ami Pierrot, reconnaissable seulement à ceux qui l'aimaient. Son corps inerte était ballotté par le clapotis de l'eau qui faisait croire, l'espace de quelques instants, qu'il pouvait être encore vivant.

« On ne rapporte pas toujours des perles de la mer. Un beau jour, il arrive qu'on y laisse la vie. » Le poète persan qui avait prononcé ces mots n'avait pas prévu que, dix siècles plus tard, son verbe se ferait action brutale et insensée.

Le cadavre de Pierrot fut ramené très vite sur la terre de Coraux-verts, là où il était né, là où il avait grandi. Sur la route du retour, comme par enchantement, la mer dont il n'avait jamais craint l'humeur capricieuse et changeante lui ouvrit ses bras, vaguelettes apaisantes, pour dire qu'elle n'était point liée au sort qui lui avait été apparemment jeté. Trois canots arrivés de Pistoles étaient là en signe de solidarité pour l'accompagner, laissant derrière eux le navire naufragé venu d'ailleurs. Sur le quai construit en bois auquel ils abordèrent, une foule immense attendait. Des cris d'insoutenable douleur et de tristesse poignante accueillirent le cadavre de celui que tous aimaient très sincèrement. Durant tout le parcours qui le ramenait à la Place du marché, les gens pleuraient tout en priant :

« Hélas ! Miséricorde pour lui ! Miséricorde pour lui ! »

Soulotte, dans son humble demeure, reçut la dépouille de son frère. Les yeux brouillés de larmes, le geste incertain, la voix tremblotante, elle lui fit ce tendre reproche :

« Je t'avais bien dit de ne pas y aller. » Et elle le répétera certainement jusqu'à la fin de ses jours.

« Ô Mort, où est ta Victoire, où [donc] est-il ton aiguillon ? »

Se pourrait-il que tu sois cette nuit qui pénètre d'ombre l'ardeur de vivre d'un jour d'été ? Tu avertis ou tu ne le fais point. Puis tu fauches en plein midi de l'intelligence. Ainsi pensent les poètes, les philosophes, tous ceux qui croient au caractère inéluctable des choses.

Le sang de l'ami Pierrot coulant sur le sol et dans la mer de Coraux-Verts marqua à tout jamais cette petite communauté jusque-là sans histoire. La mer l'a nourrie, vivante et belle, l'a bercée au gré des murmures et parfois au rythme des vents impétueux d'août à octobre jusqu'aux fructueuses récoltes, saison des grands espoirs permis, tombée aujourd'hui dans l'absence et l'oubli des jours anciens.

II

À l'été prochain, si Dieu le veut !

• 1 •

C'ÉTAIT PAR CETTE PHRASE-SOUHAIT, DEVENUE PRESQUE UNE certitude, que deux groupes de jeunes mettaient fin à leurs vacances annuelles. Ils avaient fini par tisser entre eux des liens indéfectibles que nul obstacle, croyaient-ils, ne pouvait détruire. Un rituel s'était solidement installé entre deux familles, différentes par leurs origines et leur statut social, mais semblables dans leur attitude vis-à-vis de la terre, de l'agriculture, de la culture caféière surtout.

David Belle-Enfance possédait de grands domaines dans le nord de la république d'Haïti. Avocat de renom et notaire, de surcroît, il exerçait une influence marquée sur toutes les campagnes au sud de la ville-mère, la capitale régionale. Sa double profession ne lui laissait pas assez de temps pour s'occuper personnellement des 500 carreaux de terre en café dont il avait hérité, son arrière-grand-père ayant, en effet, participé activement d'abord à la guerre de l'Indépendance, puis obtenu une place dans la monarchie de Henri Ier. Depuis cette époque jusqu'au moment où se situe cette histoire, les grands domaines de l'État étaient distribués aux favoris des régimes politiques successifs qui gouvernaient le pays. L'opulence dans laquelle vivait Me Belle-Enfance ne se circonscrivait pas cependant à ces espaces. Il avait adopté, comme tant d'autres professionnels, la pratique qui consistait à accepter pour honoraires certains titres de propriété dans des causes qu'il avait jugé perdues d'avance. Son fils François lui posait constamment la question :

« Papa, d'où viennent toutes ces terres que tu possèdes et dont tu disposes si aisément ? »

David lui répondait par des phrases sibyllines du genre « Dieu nous a tout donné, mais il faut beaucoup travailler pour réussir » ou « Un travail réussi récompense l'effort fourni ».

Encore jeune, François n'accordait pas beaucoup d'importance aux explications de son père, mais il se promettait toujours d'y voir plus clair à l'occasion d'une prochaine rencontre. La question agraire avait dès son jeune âge capté la curiosité de François qui était de plus en plus heureux quand son père, sa mère, ses deux sœurs Maryse et Mérilène, toute la famille prenait la route de Limbe-Noir, leur lieu de prédilection situé à 28 kilomètres au sud de la capitale régionale. Cent carreaux de terre par-ci, deux cents autres par-là s'ajoutaient à l'ensemble du domaine familial. En somme, Me Belle-Enfance était un *grand don.* Il entretenait de solides relations avec le pouvoir central, les acolytes du président qui régnait en maître sur toute l'étendue du territoire dont il se proclamait, non sans arrogance, « le drapeau haïtien un et indivisible ».

Emmanuelle Stevenson Belle-Enfance venait, rapportait-on, des îles britanniques. Bon nombre de patronymes de la région du Nord étaient de consonance anglaise. Comme on le sait, le roi éprouvait une assez grande admiration pour les gens originaires de la grande-île européenne. Il avait même nommé certains d'entre eux conseillers techniques ou politiques. Madame Belle-Enfance, outre qu'elle était une irréprochable mère de famille, passait pour une institutrice fort appréciée de sa communauté. On la voyait régulièrement partir très tôt le matin pour revenir de l'école à la tombée du jour, ayant pris le soin de convoquer les élèves dont les résultats, les mois précédents, lui avaient paru insuffisants. Elle consacrait même une partie de sa journée du samedi à s'occuper d'élèves en difficulté. Le dimanche, c'était le jour où il fallait rendre grâces à Dieu pour tous ses bienfaits : leurs trois grandes maisons bien pourvues, leurs immenses domaines en café sur lesquels travaillaient de nombreux paysans attachés à la terre pour le bien-être de Me Belle-Enfance et de sa famille. La musique constituait pour elle un très agréable loisir : les classiques qu'elle écoutait le soir ou durant les journées de congé, après une longue séance de correction d'épreuves, ainsi que les pièces qu'elle exécutait au violon, au piano, accompagnée de ses deux filles Maryse et Mérilène. Une famille distinguée et heureuse !

Antoine Cazéli était un habitant des mornes qu'il connaissait comme le fond de ses poches. La région de Limbe-Noir ne cachait pas de secrets pour lui. Possédant comme sa femme des liens ancestraux avec les Taïnos, il détenait, croyait-on, des pouvoirs sur les terres qui lui avaient été confiées et qu'il cultivait avec soin. Il avait la main verte. Les Taïnos, pour remonter un peu dans l'histoire, constituaient un groupe distinct des Arawaks qui formaient la grande famille précolombienne à l'arrivée des Européens au XVe siècle dans les Antilles. Ils occupaient le Marien, « caciquat » ou sorte de royaume situé dans le nord d'Haïti. Ils vivaient selon leurs coutumes, leurs formes de gouvernement, leurs structures politico-sociales, leur religion de caractère théocratique et guerrier. Leurs croyances étaient partagées entre deux dieux : celui du bien et celui du mal. Ils comparaient les esprits aux hommes, ce qui donnait à leur culte un caractère anthropomorphique. Malgré leur disparition au XVIe siècle, bon nombre d'insulaires comme les Cubains, les Haïtiens, les Portoricains et les Dominicains se réclament encore aujourd'hui de la tradition taïno.

Ainsi, quand Antoine Cazéli suivit le courant qui porta toute une génération de jeunes hommes haïtiens à traverser le canal du Vent pour se rendre à Cuba, la terre voisine au nord, il n'éprouva pas beaucoup de difficultés à s'adapter à la majorité de la population du pays d'accueil, compte tenu du métissage avec les Noirs d'Afrique dont il était le produit. Il travailla longtemps dans les champs de canne à sucre cubains à sarcler, couper, ramasser, participant activement au fonctionnement de l'industrie, de la « *guildive* », productrice d'alcool et de sucre, fondements, jusque-là, de l'économie de certaines régions de ce pays. Parti de Limbe-Noir dans les années 1920, il n'y reviendra que vers la fin de 1945, avec plus d'expérience et plus d'argent aussi. Il avait salué sa terre en la foulant énergiquement :

« *Mwen retounen nan pye w, peyi pa-m, peyi zansèt mwen yo.* » Je reviens à tes pieds, mon pays, pays de mes ancêtres.

En prononçant ces mots, il portait tout de même en lui la consolation d'être moins démuni qu'à son départ pour l'étranger, plusieurs années plus tôt. Peu instruit, mais ayant le sens des affaires, Antoine Cazéli fit l'acquisition de quelques lopins de terre. Et, à chaque carreau qu'il achetait, il attribuait une signification donnant ainsi un sens à sa vie : *Bon repo,* Bon repos, *Bèl bagay,* Belle affaire, *San rankin,* Sans rancune, etc. Il se souvenait d'avoir essuyé beaucoup de déceptions et de refus lorsque, sans ressources établies, il allait quérir, comme métayer, un morceau de terrain chez l'un de ces propriétaires absentéistes. Lesquels se pavanaient en ville sans se soucier de la façon dont leurs biens étaient entretenus. Tout ce qui les intéressait, c'était la moitié du fruit de la récolte, celle qu'ils recevaient sans avoir rien investi.

Antoine Cazéli aspirait à devenir un grand paysan parmi ses pairs, quelqu'un de très prestigieux, respecté des habitants de la zone. Et il y était parvenu ! C'est fort de sa situation de paysan-propriétaire qu'il se présenta à la maison de Me Belle-Enfance en ville pour solliciter de celui-ci la gérance de plus de 800 carreaux de terre que l'avocat-notaire possédait dans sa région. David, flatté de cette demande, l'accueillit avec joie puisque, aidé d'un tel homme, il pourrait dormir tranquille, étant assuré que pas une parcelle ne lui serait volée ou laissée sans culture. À ce moment, débuta une relation d'affaires qui devait évoluer jusqu'à la franche amitié, la famille Belle-Enfance visitant annuellement celle d'Antoine Cazéli. Celui-ci se sentit honoré et en tira de concrets bénéfices : monnaie sonnante, nouvelles connaissances, fréquentes visites. Tour à tour, il recevait chez lui David Belle-Enfance accompagné du commandant militaire du département du Nord, de médecins directeurs généraux d'hôpitaux, d'avocats confrères et même d'étrangers venus des pays voisins.

Joyeuse, la femme d'Antoine, beaucoup plus jeune que lui, ne vivait que pour ses enfants à qui elle accordait tout. Ayant séjourné chez une riche famille citadine, elle avait appris les bonnes manières, comme la tenue à table et en société. De sorte que, lorsqu'il fallait accueillir les gens de Pointe-Ville, Mérita et ses deux frères Beau-Fils et Petit-Homme savaient se comporter en hôtes prévenants et empressés. Ils fréquentaient l'école du village et s'accommodaient bien des leçons qu'ils en retiraient. Athlètes naturels, ces jeunes gens pouvaient escalader des montagnes, gravir à la course une pente abrupte et longue de plusieurs kilomètres sans ressentir le moindre essoufflement. À les voir fendre l'air jusqu'au bout de leurs forces, on aurait cru qu'ils étaient nés pour éblouir, épater les autres, les entraîner dans leur sillage. Mérita, d'ailleurs, n'avait jamais connu d'échec aux compétitions sportives organisées au village. Et quand arrivait le 18 mai, fête nationale du drapeau, c'était elle, la fille-soleil bien tenue par ses solides jambes, qui marquait le pas, arborant le bicolore engainé à sa large ceinture.

Tout cela ne faisait qu'inspirer les jeunes de la famille Belle-Enfance dont la sympathie envers leurs hôtes grandissait à vue d'œil et allait marquer pour longtemps encore les randonnées pédestres, les journées chaudes de l'été, les courses sous la pluie quand, par certains après-midi, l'arc-en-ciel au bout de l'horizon surgissait, faisant dire aux enfants, émerveillés soudain, que : « *Dyab ap bat madanm li pou graten diri* ». Le diable est en train de battre sa femme pour obtenir du gratin de riz.

Charmés par ces rencontres annuelles, parfois même deux fois l'an, ils répétaient en chœur au moment de se quitter :

« À l'été prochain, si Dieu le veut ! »

• 2 •

Limbe-Noir, c'est le lieu géographique de fusion du Centre et du Nord de la République. C'est la cuvette que côtoie la rivière du même nom où viennent se jeter, par courants continus, différents affluents. Au nord, Limbe-Noir ne regarde pas la mer. Encerclée de montagnes qui tiennent à la protéger de leur manteau de verdure, la ville aujourd'hui fait contraste avec le reste du pays, à maints endroits, dévasté. Au nord-est, c'est Point-Ville la capitale régionale qui domine les relations commerciales puisqu'elle sert avant tout de courroie de transmission qui assure l'exportation des produits de Limbe-Noir. L'économie locale, depuis toujours, repose sur la production du café, des bananes, des mangues et du riz. Limbe-Noir est séparé des autres points du territoire par la chaîne de montagnes du Nord légendairement appelée *La coupe de P.*

François, fils de David Belle-Enfance, pendant ses années d'études au collège religieux de Pointe-Ville, éprouvait un vif plaisir à s'asseoir en compagnie de son professeur, monsieur Philippe Moisant, pour chercher à comprendre les événements qui avaient jalonné l'histoire de son pays. L'enseignant, fier lui aussi de son origine, expliquait avec aisance et force précisions pourquoi la région de Limbe-Noir était différente des autres.

Au commencement, n'est-ce pas ? ponctuait-il, c'était le Marien, caciquat que gouvernait Guacanagaric. Attirés par le café et autres produits abondant dans la zone, les Français fondèrent, au tout début du XVIIIe *siècle, une ville qu'ils baptisèrent Limbe-Noir en raison de la topographie. Durant de longues années de colonisation, la ville et la région furent habitées, n'est-ce pas ? par des cultivateurs-paysans. Jusqu'au jour où brusquement le Nord commença à trembler sous l'effet contagieux des idées de révolte.* François écoutait son professeur marteler l'importance qu'avait prise tout cet espace alors que les esclaves de Limbe-Noir communiquaient avec ceux de la Plaine du Nord à travers les pistes et les gorges, les montagnes et les escarpements de faille de la *Coupe de P.*

Magiques, n'est-ce pas ? précisait le professeur, *ces pistes qui conduisaient ces va-nu-pieds superbes au-delà de la Rivière-de-Soufre pour participer à des rencontres secrètes avec les autres esclaves, créant ainsi des liens de confiance et de solidarité !*

Au fil entraînant du récit, la voix de M. Moisant devenait plus forte, s'étoffait. Ses gestes encore plus amples et beaucoup plus appuyés. François, de son côté, était tout attentif aux moindres mots, aux moindres nuances que soulignait son maître. Celui-ci poursuivait : *C'est à Limbe-Noir que germa et prit forme l'esprit de la révolte, n'est-ce pas ? Un prêtre de la profonde Afrique vécut, croit-on, à Limbe-Noir, dans une localité nommée Chabaud. C'est lui qui organisa, n'est-ce pas ? la célèbre réunion d'esclaves au Bwa kay Iman dans la nuit du 29 août 1791.*

François apprit ainsi que cette rencontre fut le moment déclencheur de la guerre de l'Indépendance ; que de nombreuses plantations dans le Nord furent brûlées ; que, douze années plus tard, l'armée des esclaves se réunit encore à Limbe-Noir, au carrefour Nan-Kanno pour préparer l'assaut final contre le chef-lieu du département du Nord. Ce fut alors la farouche bataille entre l'armée indigène et celle du colonisateur, suivie de l'éclatante victoire de la première.

Passionné d'histoire, de géographie et aussi de sciences exactes, François Belle-Enfance était apte à répondre à son environnement. Il avait commencé, encore très jeune, à lire Marx et Engels dont il dévorait les écrits et suivait les principes. Il avait *frotté sa cervelle à celles* d'autres plus vieux que lui. Et il en était fier. Il s'était mis en tête de joindre dans l'action Jésus et Marx, tant il était convaincu que ces deux-là n'étaient nullement opposés l'un à l'autre, comme le prétendaient les autorités ecclésiastiques et les doctrinaires de son époque. Dans ses échanges avec ses amis et ses camarades de classe, François parvenait presque toujours à associer une doctrine à l'autre. Et ses copains, pour le taquiner, l'appelaient le révolutionnaire-curé. Au collège de sa ville natale, il suivit avec grand intérêt le cours sur l'histoire de l'Église et celui qui abordait les grands thèmes de l'Antiquité gréco-latine. De sorte que les noms de Socrate, de Platon et d'Aristote lui devinrent assez familiers. De même les évangiles qu'il se plaisait à analyser et à critiquer sans pour autant perdre la foi. Intellectuellement doué et profondément humain, le fils aîné de David Belle-Enfance ramenait tout à l'humain qu'il considérait comme la fine fleur de la nature. Animé par l'idéal de l'Église primitive, il prenait souvent, à titre de référence, les écrits de saint Luc au sujet de la vie de la communauté chrétienne. Et il lançait à tout instant certaines phrases qu'il jugeait essentielles tant à sa foi qu'à l'appréhension des réalités qui l'entouraient :

La multitude de ceux qui avaient adhéré à la foi avait un seul cœur et une seule âme ; et personne ne se disait propriétaire de ce qu'il possédait, mais on mettait tout en commun.

Aucun d'entre eux n'était dans la misère, car ceux qui possédaient des champs ou des maisons les vendaient, et ils en apportaient le prix pour le mettre à la disposition des Apôtres. L'argent était redistribué pour en donner une part à chacun des frères au fur et à mesure de ses besoins.

Et il faisait ressortir l'étrange ressemblance entre ces paroles et celles qui guidaient la société communiste, où il fallait donner à chacun selon ses nécessités.

François ajoutait pour ses condisciples que *les amis n'ont qu'une âme entre eux et les biens sont propriété commune.* Autant dire que ce fils d'un grand propriétaire terrien vivait une situation délicate dont il s'attachait à atténuer l'ambiguïté par la chaleur avec laquelle il accueillait les gens moins fortunés que lui.

• 3 •

1956. François Belle-Enfance n'avait que seize ans quand, autour de la grande table où la famille avait pris place pour le dîner un dimanche, le père annonça qu'à partir de ce jour-là tout le monde irait à Limbe-Noir passer des vacances qu'il espérait heureuses et fructueuses.

« Le contact avec la nature, avait-il souligné, vous fera connaître et sentir votre pays. C'est un monde autre que celui dans lequel vous vivez maintenant. Les gens sont différents, affables et beaux dans leur corps et dans leur âme. Quand j'étais petit, mon père m'y emmenait. Fantastique d'observer les chevaux qui gambadent sur les chemins et dans les grands espaces. Antoine Cazéli et sa famille vous recevront chaleureusement. Et... non, je ne veux rien ajouter pour le moment. »

Sitôt l'année scolaire terminée, les Belle-Enfance avaient pris la route en direction de la campagne entourant Limbe-Noir. Là, la terre est accueillante. Les cours d'eau, comme des veines ouvertes, parcourent les montagnes où de vastes plantations de caféiers offrent le spectacle d'une couverture dense et prospère. Dès leur arrivée, la première année, les jeunes Belle-Enfance se mêlèrent rapidement aux autres, comme s'ils s'étaient déjà rencontrés longtemps auparavant. Ils apprirent à tresser la pite pour en faire des cordes; à cueillir le café au pied de l'arbuste chargé de fruits. Que de pratiques à eux-mêmes jusque-là inconnues ! Ils furent émerveillés d'entendre, au petit matin, le son lointain du *lambi* rassembleur, qui allait en écho réveiller laboureurs, travailleurs, paysans-cultivateurs pour les inviter au *konbit* local. Cette mise en commun de la force de travail éblouissait François, ses deux sœurs aussi. Dans son journal intime il écrivit :

« Je n'avais jamais vu chez des êtres, parmi ceux de ma classe sociale, pareil enthousiasme à partager le labeur, à travailler collectivement, sans pour autant s'exposer à la violence de l'envie. Le *konbit* est la forme idéale qu'adoptent les paysans pour s'entraider. Aujourd'hui, c'est ton tour. Le mien viendra demain. »

Il constata aussi que le *konbit* ne pouvait pas être pratiqué sur toutes les propriétés de la région. Trop de grands absentéistes. Les cultivateurs qu'il rencontrait sur les terres d'Antoine Cazéli y travaillaient de gaîté de cœur, tandis que ceux qui bossaient sur celles de son propre père le faisaient péniblement. *Quand le travail,* se mit-il à penser*, est un plaisir, la vie est belle. Mais quand il vous est imposé, la vie est un esclavage.*

Tout ce que l'adolescent vit le saisit, l'atteignit jusqu'au plus profond de son être : l'enthousiasme de gens sans histoire, leur impressionnante capacité de produire et surtout le sourire franc et généreux de Mérita qui frétillait d'une indicible joie d'être tout près de lui sous les caféiers du début à la tombée du jour. Rien de plus beau, en effet. Avec elle, il apprendra comment la poule réchauffe sa couvée, la protège et la nourrit ; comment on trait la vache lorsque ses mamelles regorgent de lait pur et frais, comment on dresse et apprivoise un cheval fringant, puissant, indompté.

Un jour, qu'ils avaient tous le dos courbé, en plein milieu du sous-bois, cueillant chacun dans sa marmite les graines des caféiers, et qu'ils allaient bientôt rentrer heureux à la maison, l'un d'eux laissa échapper, par une naïve maladresse, le récipient qui contenait le fruit de sa journée de labeur. On les vit tous, à l'instant, accourir, se pencher d'abord, s'agenouiller ensuite pour ramasser une à une les graines de café répandues sur la pente raide. « Le bonheur est là, sourit François. C'est ainsi qu'on bâtit des citadelles au sommet des montagnes qui supportent le ciel. »

Dans la spacieuse maison creusée au flanc d'un morne, à mi-chemin entre le village et les hauts sommets, les deux familles s'habituèrent à vivre ensemble une expérience unique, où l'amitié, le respect, la constance et la paix côtoyaient ordre, discipline, obéissance et travail. David Belle-Enfance n'avait-il pas déclaré à qui voulait l'entendre qu'il comptait élever ses enfants dans le sens du travail ? Que cela pouvait-il signifier pour cet homme dans la quarantaine, qui n'avait connu dans sa vie que du succès ? Aucune défaite avouée. Ses études de droit et de notariat terminées, il avait tout juste vingt-cinq ans quand il rencontra Emmanuelle Stevenson dont il conquit sans coup férir le cœur déjà épris de son timbre de voix sonore. Le vieux Marcel, son père, lui avait légué des biens au soleil. On comprend aisément son acharnement à les garder sans que nulle parcelle lui soit ôtée.

La maison à Limbe-Noir, peinte en blanc comme une hacienda mexicaine, appartenait, on n'avait aucune peine à le croire, à David Belle-Enfance. Il l'avait fait bâtir, en y engageant de folles dépenses, par un ingénieur-architecte de renom, M. Couverette venu de Port-au-Prince. Sa construction achevée, elle avait l'allure d'un oiseau qui prend son envol par-dessus les mornes, au milieu du feuillage, regardant en plongée la cuvette, encerclée de pentes abruptes. Antoine, bien qu'il fût le gérant, n'y habitait pas. Il possédait sa propre habitation, une modeste demeure que l'on jugeait coquette tout de même. Quelquefois, en passant, les Belle-Enfance délaissaient le gigantesque logis familial pour aller rejoindre les Cazéli et vivre parmi eux de nouvelles expériences riches en couleurs. Là, ils s'amusaient, du début à la tombée du jour, à courir contre le vent, à s'étendre sous la pluie quand les gouttelettes dansent, tombent et éclatent sur le sol.

Dès le début des premières semaines de vacances, François se mit à considérer que sa vie était différente de celle des autres, de ceux qui travaillaient dans les champs, sous la pluie, dans le vent, sous le soleil ardent. *Le ventre du travailleur est minuscule comme la hutte aux esprits,* répète-t-on souvent. [Celui] *de l'employeur est long comme la corde de la cithare.*

Les paysans haïtiens, pareils à ceux d'Afrique, chantent en bêchant, en sarclant pour se moquer parfois, hélas ! de leur propre sort ou pour fustiger ceux-là qui les exploitent. Ils créent souvent des mots, inventent des mélodies qu'ils chantent au rythme de leur vécu quotidien, aux cris silencieux de leur âme endolorie. Le garçon, ébahi devant tant de ferveur, glorifia le courage du peuple, en tomba amoureux et devint ainsi un ardent partisan de la juste cause. Il voyait ces hommes partir aux aurores, ayant pris un café chaud seulement ou une gorgée d'absinthe pour fouetter l'énergie qu'ils allaient dépenser en cours de journée. S'arrêter à midi, milieu de la corvée pour recevoir la mince part d'une nourriture apportée par les femmes, elles aussi attelées parfois au dur labeur du jour. Suivaient quelques blagues et histoires contées avec essoufflement. Les voilà repartis pour poursuivre le travail.

« L'esclavage humain a atteint son point culminant à notre époque sous forme de travail librement salarié », pensa François au bout du compte.

Il observait tout, notait tout : les pas vigoureux d'hommes allant aux champs certains matins de juillet, leur retour le soir, « la fatigue dans les reins » et leur abandon au sommeil dans la nuit fraîche des mornes. Les semaines passaient pleines de sentiments, d'éclairantes remarques exprimées timidement jusque-là à son entourage :

« La terre est le foyer des hommes et des femmes qui la cultivent ; il ne peut exister ni d'autre temps ni d'autre espace pour eux. »

« Il n'y a rien ici-bas qui ne nous vienne de la terre. Le propriétaire peut bien mettre son argent à faire fructifier ses terres, le travailleur agricole y met toute sa vie. »

Ainsi, François s'accoutumait de plus en plus à la vie paysanne en aidant du mieux qu'il pouvait les cultivateurs à récolter le café, à le faire sécher pour qu'il soit fin prêt à être expédié vers Pointe-Ville, la capitale régionale.

La culture du café nécessite plusieurs étapes avant que celui-ci devienne ce délectable breuvage cher au palais d'amateurs avisés. Les jeunes citadins, qui n'en savaient rien, apprirent, avec beaucoup de curiosité et de ferveur dans l'âme, les façons culturales du milieu d'accueil. Antoine Cazéli et ses trois enfants prodiguaient, au quotidien et selon l'usage, les leçons, les pratiques appropriées aux jeunes vacanciers. Le *viejo* bien assis sur sa chaise en paille, suçotant entre les dents sa pipe palpée de ses lèvres sèches, expliquait en détail les différentes phases de la production comme s'il s'agissait d'une histoire à raconter, d'un conte à faire savourer.

— En premier lieu, commença-t-il en créole, il faut que les fruits du caféier deviennent des raisins, des cerises pour qu'ils soient cueillis.

— À la main, comme nous l'avons fait aujourd'hui ? s'enquit François.

— Oui, manuellement, lui répondit Antoine. C'est très exigeant. Remarque, en effet, que tu n'as pas prononcé un seul mot hier soir et tu es vite allé te coucher. L'épuisement t'a poursuivi jusque dans ton sommeil profond. Je t'ai même entendu gémir durant la nuit.

— Combien de temps faut-il pour que les cerises deviennent rouges comme celles d'hier ?

— Oh ! Ça dépend...

— Ça dépend de quoi ?

— C'est lié à la chaleur et à l'exposition au soleil. Il existe deux variétés de caféier, s'empressa de continuer Antoine appuyé un peu par sa fille qui s'intéressait de plus en plus aux échanges de propos entre les deux groupes. La période de maturation du café *arabica* des mornes s'étend sur 6 ou 8 mois. Pour le café des plaines, ça peut aller jusqu'à 9 et même 11 mois. La nature est ainsi faite.

— Ce qui rend la cueillette beaucoup plus longue, je présume ?

— Évidemment, les cueilleurs sont obligés de repasser sur chaque caféier pour assurer la qualité du produit. En ce qui concerne l'espèce *robustas,* la méthode de cueillette est différente, mécanisée celle-là. Elle consiste en une technique d'égrappage massif entraînant ainsi un mélange de fruits mûrs et de fruits pas encore parvenus à maturité.

— Qu'est-ce qui arriverait si tout était mécanisé ? insista François.

— Le sourire en coin, l'interlocuteur de François livra une explication qui désarma le garçon.

— Dans un temps record, nous expédierions plus de sacs de café en ville. Mais ça nuirait à tous les cultivateurs qui sont employés chez nous.

Antoine, suivant des yeux la fumée de sa pipe, termina sa description du processus de transformation que subissent les fruits de l'arbuste avant de parvenir à la finesse du liquide tant recherché et apprécié du monde. Il fit comprendre à ces jeunes très intéressés, dans son langage propre, que le fruit du caféier est en somme une drupe formée de deux noyaux entourés d'une enveloppe, laquelle doit être enlevée après séchage et décorticage, tout cela dans une action pleine de rituel, de signes d'appartenance au milieu environnant.

— Comment faites-vous pour enlever l'enveloppe ? reprit François dont la voix fit frissonner Mérita de plus en plus troublée.

— Vous l'avez sans doute déjà observé depuis votre arrivée : nous utilisons des pilons, de gros pilons ou nous recourons à la machine, notre décortiqueuse. Nous sommes les seuls dans la région à en posséder une. Nous avons de la chance. Quand la demande est forte, elle s'avère bien utile. Très utile. Bien d'autres procédés existent, poursuivit-il toujours dans un créole émaillé de mots à saveur espagnole. Nous, nous nous arrêtons ici. Le reste ne nous regarde pas.

Il faisait allusion à la torréfaction, procédé mécanique utilisé par les grandes entreprises urbaines. Dans la région de Limbe-Noir, comme partout ailleurs, les habitants faisaient griller leur café dans une chaudière en fonte d'où se dégageait l'arôme du grain brûlé. Après quoi, ils le passaient au moulin et le miracle se produisait sous la forme d'une poudre noire : le bon *caroua* qui se déguste matin, midi et soir.

Les jeunes citadins s'étaient donc bien adaptés à la vie campagnarde. Participaient au *konbit,* de même qu'à la corvée, scrutant l'ardeur des uns, la mollesse des autres. De temps en temps, ils assistaient à un spectacle imprévu. Cet après-midi-là, par exemple, les travailleurs avaient à peine fini d'étendre sur les glacis d'énormes sacs bruns remplis à craquer de cerises.

Il fait ordinairement soleil sous le ciel des tropiques. En ce temps particulièrement chaud de juillet, des nuages noirs s'amoncellent à l'horizon. D'autres nimbus courent nombreux, échevelés, frôlant la crête des arbres. L'air est menaçant et lourd. Là-bas, comme s'ils venaient d'une grande armée lointaine, des roulements indistincts de tambour se rapprochent et se précisent. Les cultivateurs aux aguets attendent le signal du *lambi,* qui en toutes occasions donne l'alerte rouge. La campagne s'assombrit sous un déclinant crépuscule. De longues et fulgurantes traînées traversent le ciel. De puissantes détonations tantôt drues, espacées par moments retentissent aux alentours. L'orage vient à toute vitesse. Branle-bas de la campagne inquiète pour les grains. On apporte des prélarts destinés à recouvrir aux tout derniers instants les drupes de café auparavant exposées au soleil brûlant. La perte est alors de justesse évitée. On lève les bras vers le ciel. On se signe.

Merci. Tout à coup, les nuages crèvent. Les gouttes de pluies défoncent le sol d'où monte une chaleur suffocante qui d'abord se condense, ensuite se dilate : un phénomène typique de la terre des Caraïbes.

Fasciné par ces gens et leur monde, François n'en croyait pas ses yeux. Il s'était habitué à voir chaque jour « l'habitant » enfiler son pantalon bleu-gris, de couleur indigo parfois, troué de part en part. Un maillot de corps lui enserre le torse. En général, un chapeau de paille à large bord pour le protéger des rayons du soleil. Pas de chaussures pour soulager les orteils exposés aux roches rugueuses et pointues. Les femmes en robes évasées, également pieds nus, entassaient, dans un panier très large posé sur un coussinet, mangues, pois, abricots et maïs qui faisaient lourd à porter sur leurs cous endoloris. Cependant, quand elles étaient ailleurs sollicitées pour gagner davantage, elles allaient travailler dans les champs ou sous les caféiers. On les retrouvait aussi dans les enclos rattachés à certaines maisons familiales. Là, elles cultivaient leurs légumes, des arbres fruitiers, des plantes qui guérissent tout — car le médecin est bien loin —, s'occupaient de leurs cours où piaillaient quelques poules poursuivies par des coqs en mal d'accouplement.

François consignera tout cela dans son carnet de voyage ; décrira les villages et leurs occupants. Leurs maisons construites en boue séchée que supportent de fins poteaux de bois souvent mal équarris. On y trouve ordinairement une seule pièce, rarement deux. Le toit est fait de chaume et le comble ou « galta » est réservé aux produits qu'on veut conserver. Le sol en terre battue est propice à l'humidité. L'adolescent prendra graduellement conscience des difficultés extrêmes de la vie paysanne. Certains habitants, mieux pourvus que les autres, se nourrissent de porc, de volaille, de cabris, parfois de la viande d'un bœuf mort dans les cordes ou abattu pour d'autres raisons... Les plus démunis des paysans — et ils sont nombreux — n'ont rien de tout cela. Malgré tout, quand ils reçoivent le visiteur chez eux, ils lui offrent le meilleur de ce qu'ils possèdent : la paillasse étendue sur un cadre, la cuvette en aspect de faïence pour se laver le matin et le pot de chambre soigneusement nettoyé pour passer la nuit. François lui-même a failli en profiter peu après son arrivée. Il avait été invité par un ami d'Antoine à assister au mariage de sa fille. Mais quand il comprit le sacrifice auquel ses hôtes allaient consentir, il déclina l'invitation à coucher. Pas question pour lui de sous-estimer la demeure des pauvres gens. « Même si les poutres sont penchées et la chambre étroite, jugeait-il, le soleil qui éclaire au travers des fenêtres ou la lune qui brille par-dessus la montagne appartient à eux seuls. »

Les conditions de vie à la campagne se révèlent précaires pour la plupart des paysans sans terre. Le système de moitié, auquel ils sont pour un grand nombre attachés, ne leur garantit aucun filet de sécurité. C'est cette dure réalité que constata François. Il suffisait qu'il pleuve sans arrêt, quelques jours seulement, pour que les récoltes soient compromises ou totalement perdues. Le cultivateur coincé dans cette pénible situation devenait incapable de faire face à ses énormes redevances, incapable de répondre aux besoins pressants de sa famille. La faim s'installait, le désespoir aussi.

L'adolescent commença à comprendre et à aimer ceux qui triment pour gagner une parcelle d'existence. « Je ne veux pas croire, confiera-t-il plus tard à des amis citadins, que tant de déséquilibres puissent encore exister dans la vie simple et modeste que mènent certaines gens. Quelque chose ne va plus, il faudra bien que ça change. Tôt ou tard ! Demain ! C'est peut-être pour bientôt ! »

• 4 •

LES PREMIÈRES VACANCES D'ÉTÉ TIRAIENT À LEUR FIN. LES MOIS d'août et de septembre apportaient bientôt leur lot de contingences : les pluies fines et tenaces qui arrosent les montagnes, le « Nordé » qui se déplace par bourrasques. C'était le temps de rentrer au bercail. David Belle-Enfance était déjà reparti. Les amitiés nouvellement scellées ne durent souvent que le temps d'un séjour. On se dit « À bientôt », on camoufle ses pleurs. On détourne les yeux de celui ou de celle qu'on laisse. Les vacances ne sont pas éternelles et les départs comme les arrivées *ne sont qu'un jeu de Dieu*. Pourtant cette amitié, bien qu'inattendue, se déclare soudain fervente et tout entière dévouée. « À l'été prochain, si Dieu le veut ! »

À Pointe-Ville, métropole du Nord, les jeunes Belle-Enfance, François, Maryse et Mérilène reprennent leurs activités régulières : sport, études, concerts et conférences. Dans la salle à dîner où ils se réunissent tous les jours, ils parlent de café, d'abricots, d'ignames, de bananes fraîchement cueillies, de toutes sortes de produits agricoles qui leur arrivent de Limbe-Noir. François dont la pensée n'arrive plus à se détacher de ce lieu, amène le sujet de la conversation sur la main-d'œuvre presque gratuite qu'utilisent ses parents et le gérant.

« Le travailleur paysan n'est pas bien rémunéré, martèle-t-il. Parti le matin aux premières lueurs du jour, il ne rentre que le soir, fatigué, épuisé. »

Me Belle-Enfance n'en disconvient pas. Il ne veut surtout pas réfréner l'élan de son fils qu'il voit déjà comme son futur remplaçant. Ainsi, le garçon, une fois devenu adulte, prendra le même chemin que lui, étudiera le droit, deviendra notaire et, comme tout propriétaire foncier traditionnel, confiera la charge de l'exploitation de ses terres à quelqu'un inspirant le respect. Il suivra en pleine connaissance la voie de ses ancêtres. Loin de contredire François, David se lance, en présence de sa femme, dans un discours fleuve sur la nécessité de posséder de grandes propriétés, de chérir autant la terre que ceux qui la labourent, qui la bêchent et qui en vivent.

« J'allais avec mon père dans le bois, dans les champs, visiter tous les lieux qui nous appartiennent. Mon grand-père, lui le premier, avait ainsi commencé à s'approprier de vastes domaines aux alentours de Limbe-Noir. Ces terres sont à nous, nous ne les avons pas volées. Mais je n'ai malheureusement pas le temps de m'en occuper. J'éprouve pour ceux qui peinent à grosses gouttes de sueur à les faire fructifier une grande admiration qui ne se traduit pas toujours en monnaie sonnante. J'aimerais bien le faire, mais les règles du marché sont strictes. Quiconque s'y dérobe est tacitement exclu du groupe des grands exportateurs. Vous me comprenez. Je ne peux pas augmenter le salaire des travailleurs si je veux être concurrentiel. Mes pairs ne me pardonneraient pas si je cédais à mes sentiments ou à ceux de mes proches... »

En emmenant ses enfants dans les montagnes de Limbe-Noir, David Belle-Enfance n'avait qu'un but en tête : créer à la fois chez eux le goût de la nature, celui du travail et des choses simples. Pour hériter de ces vastes propriétés, il fallait s'y habituer, les entendre respirer la nuit quand, long et pénétrant, le silence s'installe. Il y avait réussi. Même davantage. François commençait à sentir chaque fibre du sol vibrer dans tout son être. Ce sol n'était pas pour lui une simple source d'enrichissement, comme l'aurait bien voulu son père, mais un creuset où se mélangeaient admiration, amitié, loyauté, sensibilité et tendresse. Il écrira dans son journal : « Je les vois maintenant autrement ces pauvres paysans. Autrefois, je réagissais à peine lorsqu'on les traitait en parias de notre société. Les gens des mornes (*moun nan mòn, moun an dèyò*), les nommait-on. Comme s'ils ne faisaient nullement partie de la légitimité de la nation. Aujourd'hui, je me rends bien compte qu'à tous égards les gens avaient tort de les considérer ainsi. Les paysans sont les fils authentiques de notre pays. »

Ces nobles sentiments exprimés partout où il passait commençaient à séduire quelques-uns de ses camarades d'école, ses amis, même ceux qui, à cause de son enthousiasme jugé quelque peu délirant, l'avaient écarté ou fui dès les premiers jours de son retour de la cuvette de Limbe-Noir. Au fond, dans sa vie de citadin, tout le ramenait aux lieux, aux personnes, aux objets qu'il venait de découvrir : le vieux Antoine, agissant et confiant, l'homme aimable qui l'avait invité au mariage de sa fille, les travailleurs au verbe franc, à la tête altière, combattant la misère, et les gestes prompts et expressifs qui encadraient le sourire de Mérita. Dans son journal dont il ne se détachait jamais, François glorifiait, reprenant les vers du poète, la nature qu'il trouvait encore jeune et pleine de beauté :

... la nature est là qui t'invite et qui t'aime.
Plonge-toi dans son sein qu'elle t'ouvre toujours.
Quand tout change pour toi, la nature est la même
Et le même soleil se lève sur tes jours.

« Elle est immuable, resplendissante et claire, écrivait-il en complément. Même si le chemin parcouru est long, elle semble ne pas bouger pour garder sa fraîcheur. Empires et gouvernements peuvent bien s'écrouler, des peuples disparaissent. Mais la Bonne Nature continue, au-delà de tout, de nous enseigner la vérité simple. »

Et le garçon d'esquisser la description de cette autre nature que, pour lui, représente Mérita. « Ses longues jambes musclées et ses épaules d'athlète attirent les regards admiratifs et discrets en même temps. » Il avait noté, dès les premiers jours, alors qu'il venait à peine de la connaître, que cette adolescente qui gambadait à travers la plaine, traversant les clôtures, deviendrait, un de ces jours, une amie, une complice dans ses différentes activités.

« Un jour, consigna-t-il, seulement pour s'amuser, on avait entrepris d'organiser une très longue course qui avait, pour l'occasion, réuni plusieurs jeunes du village et des alentours. Une saine compétition nous animait, elle et moi. Les moins rapides avaient été placés à deux ou trois mètres en avant de tout le monde. Mon orgueil me dictait qu'il fallait bien que je sois à la même rangée que Mérita. Pas de passe-droit ni de compassion, protestais-je en moi-même. Les règlements avaient été au préalable soigneusement émis : attendre et bien entendre le sifflet du départ. Au moment du signal, Mérita, sembla-t-il, regarda en arrière, distraite par un de ses frères qui voulait la stimuler. On la vit, pourtant, partir en trombe quelques secondes plus tard; de longues enjambées la firent fendre l'air, mettant en évidence ses jeunes seins ronds et beaux qui bougeaient au rythme de puissantes foulées. Mérita arriva la première, laissant à sa suite tout le groupe ébahi. Souriante et franche, elle vint s'en excuser auprès de moi, me sentant épuisé, déçu et même troublé.

« Pardonne-moi, me souffla-t-elle. Je n'ai pas eu l'intention de t'humilier. J'ai tout simplement voulu gagner. Il fallait que je me dépasse. J'ai un grand besoin de mesurer mes capacités physiques. Qui sait ? Cela pourrait m'être utile un jour ! »

En allant passer ses vacances de juillet à Limbe-Noir, le jeune François avait rêvé de connaître la vie des milieux simples et beaux. Il en avait été largement gratifié. La rencontre de Mérita lui avait tout apporté : autant le parfum enivrant qui monte de la terre que la grande amitié née entre deux êtres, l'un à l'autre attachés. Celle-ci courait, dansait, les pieds agiles dans l'eau de pluie. Lui, il venait se joindre, pour un temps, à la multitude des gens marqués par le dur labeur de la culture des champs. Ils se retrouvaient évidemment tous les deux communiant dans la même pensée, esquissant les mêmes gestes de compréhension et de compassion vive. Ils frottaient leur conscience à celle des autres pour que se dégage d'eux, au même moment, le souffle d'un renouveau certain qui changerait leur monde appelé, en équitable justice, à devenir meilleur. C'était, du moins, ce qu'ils pensaient, c'était assurément ce à quoi ils aspiraient.

• 5 •

Les journées d'école s'écoulèrent très lentement, trop lentement aux yeux de François qui attendait chaque année avec une vive impatience l'arrivée de l'été. Il comptait ses 18 ans ; sa nouvelle amie venait d'en avoir autant. À son retour au village, il nota que Dame Nature avait modifié son œuvre. La jeune fille était devenue femme. Que sera demain ? Le café était déjà si loin. Les années, comme les étés, passèrent. Étés toujours chauds, années toujours prospères pour David Belle-Enfance et sa proche famille. Cet homme d'ordinaire éloquent n'aura pas réussi à faire de son jeune fils un exploitant absent, dénué de toute sensibilité. Il dut l'écouter en silence quand celui-ci lui annonça dans un émouvant et solennel témoignage que son amour de la terre, il le puisait chez les paysans qu'il regardait souvent travailler sans relâche. François n'hésita point à lui exposer, en des termes très poignants, son état d'âme face à la souffrance d'autrui :

« Si ma présence sur ces terres, auprès d'eux, s'avère nécessaire, je désire l'apporter à leur mieux-être au lieu de les exploiter. Donc, je serai médecin. »

Déconcerté durant un court moment, David fit semblant d'approuver. « Mon fils sera docteur. C'est un métier louable, prestigieux, qui prodigue honneur, argent et reconnaissance sociale. Pourquoi pas après tout ? Un avocat-notaire, un médecin dans la famille, c'est plus que je n'espérais. » Mais le garçon le percevait dans une tout autre dimension. Il se voyait secourir les plus démunis afin qu'ils résistent aux maladies infectieuses. Il avait en effet observé tant de situations absurdes où la mort avait frappé sans discernement, faute de soins ; il avait assisté à tant de cas où une simple fièvre devenait soudain mortelle qu'il s'était décidé à donner du sien : de l'aide, un peu d'aide par pitié, par amitié ou simple humanité. François avait été une fois témoin d'une scène particulièrement révoltante et douloureuse à la fois. Casimi, un paysan du bourg, attendait depuis trois mois environ l'enfant mâle que le ciel, dans sa bonté, lui avait promis après maintes prières :

« Vous aurez un garçon, lui avait prédit, en songe, son saint-patron. Mais ce ne sera pas facile. »

Sa femme, après neuf mois d'une grossesse éprouvante, n'avait pas réussi à mettre l'enfant au monde. Trois ou quatre jours s'étaient écoulés, durant lesquels l'accoucheuse avait effectué de spectaculaires manœuvres (qui n'avaient pas manqué d'éblouir la vue du jeune citadin) : elle avait allumé des bougies, frictionné la poitrine et le ventre de la femme en travail, puis tenté de tourner le bébé dont elle avait vu sortir les pieds en premier. Soudainement, sans crier gare, elle avait brisé sur le sol une cruche pleine d'eau fraîche qu'elle tenait fermement dans ses mains. La peur ou le saisissement, que le geste entraîna certainement, aurait dû, d'un seul coup, provoquer l'accouchement. La peur, on le sait, peut décupler les forces et soulever les montagnes. Mais rien n'y fit. La sage-femme s'avoua impuissante et, prise de découragement, se désista tout en invitant Casimi à conduire son épouse, des mornes où ils étaient, à Limbe-Noir, la ville la plus proche en vue de rencontrer le médecin résident. Portée sur un brancard de fortune par quatre gaillards alertes et dévoués, la mère rendit l'âme dans la nuit, en chemin. Le bébé, quant à lui, était déjà parti, s'était déjà éteint, la lumière du jour lui ayant échappé.

François partagea la souffrance de ces gens comme on partage la vie de ceux qu'on aime. Il comprit, dès lors, ce qui le liait à eux. La médecine deviendrait pour lui une arme de combat.

• 6 •

Les allers et retours entre la ville et la campagne formaient progressivement la conscience de ces jeunes citadins. Chaque jour pour eux se révélait un jour nouveau où ils pouvaient apprendre, entre autres, à dresser un cheval ou à dompter un mulet. Et le soir, quoi qu'il fût advenu, ils se retrouvaient pour manger, chanter ou danser ; puis raconter des histoires et dormir enfin dans la quiétude d'un pénétrant silence. L'intérêt accordé à ces récits dépendait du temps, de la journée précédente. Si le travail parmi les cultivateurs avait été fructueux, l'allure des contes en reflétait la teneur. Au tout début, quand ce fut à François de jouer son rôle de conteur, il hésita tellement, ne sachant trop sur quel sujet porter son choix, qu'il dut se réfugier derrière les grandes époques de la Grèce et de la Rome antiques. Il se mit à parler des guerres d'autrefois, celle du Péloponnèse, de la victoire aussi de Scipion sur le grand Hannibal. On ne voyait pas pourquoi il aimait tant discourir sur les batailles d'autrefois, pourquoi il appréciait qu'on lui en parle ou qu'on étale devant lui les hauts faits des héros de l'histoire ancienne et moderne. Il signala à ses camarades que le premier affrontement avait opposé les cités d'Athènes et de Sparte, différentes l'une de l'autre par leur gouvernement et leur administration. Celle-ci était guerrière et obsédée par les armes, celle-là démocratique et dominée par les lois. Les deux États se harcelèrent cinquante années durant, avant de signer la paix. La trêve ne tint que quinze ans. Car, poursuivit François, les combats reprirent tout de suite après. Sparte, 40 000 hommes, plus puissante que sa rivale, 13 000 soldats en armes, la vainquit aisément.

« Pourquoi préfère-t-il, en lieu et place de contes, faire état de conflits qui ne regardent en rien les pauvres gens d'ici ? confia Mérita à l'une de ses amies. Je n'en vois pas l'intérêt. »

David, bien au contraire, en était très fier. Son fils, encore tout jeune, était un érudit qui pouvait parler d'Hannibal, de Rome et de Carthage, sans aucune note entre les mains. Les sœurs de François éprouvaient pour lui une grande admiration. Pas de commentaires de leur part si ce ne furent de vifs applaudissements. Épris des idées de juste révolte, le fils aîné de David savait bien cacher ses convictions profondes en prenant comme exemples des héros du passé : Scipion l'Africain, Spartacus, César, le stratège Hannibal, etc. Autant croire qu'il aurait été risqué pour lui d'entretenir ses hôtes de faits trop connus de l'histoire de son pauvre pays. L'armée, la milice étaient passées dans une région toute proche et avaient emporté récolte de café, cheptel de bœufs et de cabris, nourriture et volaille. Il était devenu très dangereux de citer Acao, Péralte ou Batraville. On sombrait déjà dans l'affreuse dictature, on ne voyait pas encore l'éclat d'un jour nouveau. Partout au pays, les voix se taisaient dans l'absolu et ténébreux silence des morts. François avait son plan non avoué pourtant : laisser flotter les autres dans leur imaginaire, tandis que lui, soucieux de concrets résultats, placerait aux bons endroits les mots qui feraient écho à la misère hideuse.

Les contes, les légendes sont des histoires naïves que se racontent les enfants, les jeunes, les personnes de tous âges. Ils y placent leurs rêves, leur confient espoirs, velléités, incertitudes. Même si Mérita sembla, de prime abord, peu encline à saisir la pensée de François, elle n'allait pas tarder à s'en approprier le sens :

« À mon tour, avança-t-elle, de vous entretenir des croyances et des coutumes de nos peuples anciens. »

Elle enclencha avec l'histoire d'un dieu de sagesse, d'intelligence, que tous les Indiens évoquaient au quotidien pour lever les obstacles, vaincre la peur et prodiguer des forces. Guanigak avait, précisa-t-elle, une tête d'éléphant et un tronc d'homme, le ventre rond et plusieurs bras à son corps bien soudés. En souriant, Mérita expliqua que ce dieu étrange reçut un jour, à un festin, une énorme quantité de bonbons qu'il avala gloutonnement. Retournant chez lui, juché sur sa monture, le dieu tomba, faisant ainsi éclater son ventre trop rempli. Tous les gâteaux se répandirent sur le sol. La lune, appelée Chandra, qui observait ce spectacle, pouffa de rire. Le dieu se sentit offensé par cette attitude et, furieux, arracha une de ses mains, la lança contre la face de l'astre de la nuit. Du coup, il la frappait d'une malédiction qui la condamnait à ne plus briller dans l'obscurité et à disparaître des cieux, alors qu'elle avait l'habitude d'éclairer tous les soirs. Donc, plus de lune dans le ciel des nuits longues et place aux étoiles filantes porteuses de mauvais présages.

Mérita ajouta, en jetant un discret regard sur François ébahi, que les jeunes gens amoureux se mirent tous ensemble à gémir, à se lamenter dans la chaleur extrême des nuits sans fin. Les vieux ne dormaient plus. La nature était très endeuillée de l'absence de douceur, de fraîcheur qu'apportaient, auparavant, les fins de journée. Alors, d'autres divinités dans les cieux se consultèrent et allèrent rencontrer le principal auteur de ce chambardement. Celui-ci, qui n'était pas tout à fait dépourvu de bonté, accepta de leur accorder un peu de satisfaction : la lune recommencerait son parcours naturel, mais ne pourrait plus jamais briller dans toute sa plénitude comme avant. Elle devrait désormais croître et décroître d'une quinzaine lumineuse à une quinzaine obscure. Ce serait la Pleine et la Nouvelle lune, entrecoupées de croissants et de ses premier et dernier quartiers.

« On attribue, enchaînait-elle, beaucoup de pouvoir à la lune. Elle nous indique le temps des semailles comme celui des récoltes. Quand elle est pleine, l'amour grandit ; c'est la merveilleuse floraison des sentiments profonds. » Que voulait-elle insinuer en fournissant toutes ces précisions ? Qu'espérait-elle enfin au-delà des clins d'œil et des tournures voilées ? Annonçait-elle déjà un rapprochement certain que son ami citadin ne pouvait ignorer ?

Les contes et les légendes réjouissent ou attristent le cœur des êtres sensibles. Ce soir-là, la lune, à peine levée, s'était cachée sous de sombres nuages. L'atmosphère, tout à coup, était devenue lourde de sueurs. Pas de brise qui danse dans le dense feuillage. Aucune lumière plus éclatante que celle des lucioles. Le silence de la nuit faisait peur à la vie.

Le lendemain, les activités reprirent. Les journées passèrent et les vacances aussi. La famille de David repartit, triste un certain jour et heureuse à la pensée de revenir l'année d'après, accompagnée par des amis venant de toutes parts puiser à la source le frais bonheur et les plaisirs sains.

François écrivait de plus belle; il notait tous les non-dits, les attentions soutenues, les intérêts çà et là dissimulés. Mérita occupait le centre de sa pensée. Il la voyait de plus en plus charmante, éveillée et discrète à la fois. Tout le fond d'elle-même inspirait la confiance, la fraîcheur des fruits et la légèreté des branches.

« Aucune jeune fille en ville ne peut être son émule. Elle semble tout posséder : le corps de l'athlète, la finesse de l'esprit, la parole fluide, le sourire enchanteur. En m'emmenant à la campagne, mon père m'avait promis le trésor que cache le travail collectif en compagnie des humbles gens. Je crois que j'ai trouvé ce qui manquait jusqu'ici à ma jeunesse : la pureté du corps et de l'âme réunis. Ma vie sans Mérita n'est peut-être désormais plus concevable. Je venais pour passer sur sa route, sur ses terres ; tandis que la tête altière, elle restera en moi, solidement attachée. Je veux être pour elle le frère, le guide, le compagnon attentionné et heureux. »

Le jeune homme espérait que son destin serait un jour lié à celui de la séduisante paysanne. Il commença à rêver pour eux deux d'une vie plus axée sur des rêves communs : l'amélioration de l'état de la société rurale et un avenir meilleur que celui qui lui était tracé. Autant dire que la tâche paraissait gigantesque avec tout ce qu'elle comporterait d'obstacles, de contrefaçons, de méandres et de risques extrêmes.

François Belle-Enfance décida qu'il irait bien à Port-au-Prince, étudierait la médecine et reviendrait chaque année, ou au moins tous les deux ans, partager la vie de ceux qu'il considérait déjà comme des êtres à lui très chers. Mérita occupait une place déterminante dans ce monde-là.

À Pointe-Ville où habitaient les *grandons*, où siégeaient les tribunaux de première et de deuxième instance, David Belle-Enfance ne savait où donner de la tête. Un litige par-ci, un conflit domanial par-là, un divorce, une succession débordaient sa pratique professionnelle quotidienne. Très souvent, il était appelé à Limbe-Noir pour nommer un nouveau-né, parrainer un mariage. Ces sollicitations sociales venaient aussi de la grande ville où il comptait, bien sûr, beaucoup d'amis. Jamais il ne lui était arrivé de refuser une demande, quand même elle aurait été faite en retard. Il trouvait toujours un moyen de s'accommoder d'une situation aussi embarrassante fût-elle. Sa femme avait beau lui faire comprendre qu'il ne pouvait pas être partout à la fois, il lui objectait sans la moindre gêne :

— Comment veux-tu que je sois connu si je ne me fais pas connaître ?

— À cela son épouse rétorquait :

— Tu n'as pas forcément besoin de participer à tous les mariages, baptêmes et enterrements qui ont lieu en cette ville et à la campagne pour que ton nom soit sur toutes les lèvres. Ta popularité résulte de ton intelligence et de tes connaissances en droit.

— Tu te trompes royalement, ma chère, arguait David. Ce n'est ni l'intelligence ni le savoir qui font de moi l'un des meilleurs avocats d'ici. C'est l'audace, rien que l'audace. Et n'oublie pas surtout que je suis né Belle-Enfance.

Ces propos étaient accompagnés de mouvements d'impatience au point qu'ils pouvaient indéfiniment cacher le vrai tempérament de cet homme, rompu pourtant aux belles manières. Au demeurant, l'avocat-notaire eut tant fait, tant donné pour soigner sa réputation qu'il en oublia les petits gestes que réclame ordinairement la vie de famille.

Un soir, le repas terminé, François essaya de lui parler à cœur ouvert de son cheminement à Limbe-Noir, de lui révéler qu'il avait envie de rester proche des sources de la vie, de secouer les chaines de son pays opprimé, rejeté, de tenter ce que d'autres n'avaient pas eu la force d'entreprendre, d'aller en somme à l'essentiel, à l'élémentaire. David parut très peu réceptif. Il avait tant de choses à régler, tant de problèmes à résoudre qu'il resta distraitement sourd à l'appel de son fils. Ainsi passait le temps, ainsi fuyait la vie au sein de cette riche et puissante famille.

Les vacances de rêve, les chauds étés de la verte campagne, les visages amicaux d'honnêtes travailleurs, tout cela allait cependant changer dans l'incertitude des lendemains brumeux, quand, en toute légèreté, ou peut-être par malice inconsciente, Maryse et Mérilène rapportèrent à leurs parents le trésor caché dans la chambre de leur bien-aimé frère. C'est qu'au cours d'une longue nuit d'insomnie, le jeune homme avait dévoilé dans son journal de bord son attachement à cette fille des rivières en crue, des matins qui tremblent à l'effleurement du vent et des nuits sans lumière, où l'on joue à « *kach-kach-liben* », frôlant timidement les jambes de celle qui ne dit rien. Au cœur de son amoureux délire, il avait même évoqué le projet, une fois ses études de médecine terminées, de retourner à Limbe-Noir vivre avec Mérita « le reste de son âge ».

Si je viens à te prendre en rêve, tu es mienne,
Car il n'est de plaisir qui ne soit figuré.

Il voulait éviter que ce songe ne soit repoussé à un autre lendemain, qu'il ne se dessèche comme un raisin au soleil brûlant. Il craignait qu'il ne s'affaisse comme un lourd fardeau. Et, pour qu'il n'en soit pas ainsi, il préférerait qu'il explose comme une pluie d'étoiles dans le ciel de Limbe-Noir.

David en fut surpris. Il avait sous-évalué la sensibilité de son cher fils, avant de se rendre compte que *chacun a son penchant qui l'entraîne.*

— Qu'est-il arrivé à ce pauvre garçon ? commença-t-il à murmurer. Est-ce le paysage bucolique ou l'ardeur de la jeunesse ? L'oisiveté, peut-être ?

— Nos enfants au contraire ont beaucoup travaillé durant ces grandes vacances d'été, plaida la mère pleine de tendresse et de sollicitude.

— Nous n'allons pas le laisser plonger tête baissée dans la paysannerie. Ce n'était pas pour ça que nous l'y avions emmené. J'ai voulu lui faire découvrir le vrai sens du travail, l'immensité de nos biens, nos domaines, nos vastes champs de café, mais jamais une femme couleur soleil, couleur café comme il l'a décrite dans ses nuits de folie.

« *Je prendrai conseil de ma folie, ayant mis en oubli toute forme de sagesse et de certitude* » aurait répliqué François s'il avait été mis au courant de tout ce qui se tramait autour de lui.

— Que faut-il faire, Emmanuelle ? Il faudra bien qu'on agisse, non !

— Oui, David, il le faut bien. Prenons le temps de réfléchir un peu, tu veux ? Nous ne devons ni le brusquer ni le fragiliser. La bataille serait perdue d'avance.

— Mais de quelle bataille parles-tu ? Nous ne sommes pas en guerre. François n'a pas vingt ans, pas encore la capacité de prévoir les conséquences fâcheuses d'une telle aventure si...

— Arrête, veux-tu ? Nous n'en sommes pas encore là. Et... si on l'envoyait en France, à Paris plus précisément ? Il deviendrait interne des hôpitaux de la Ville-lumière et retournerait, dépouillé de ses souvenirs.

— Tu as trouvé la solution qu'il nous faut. Nous ferons semblant de n'avoir rien découvert avant de lui apprendre la bonne nouvelle...

— Mais ne nous réjouissons pas trop vite. Notre garçon est profondément amoureux, je crois.

• 7 •

David Belle-Enfance avait déjà tout préparé quand, souriant, il annonça à son fils qu'il allait lui faire continuer ses études de médecine en Europe.

« La France, s'exclama-t-il, tu t'imagines ! Tu ne pourras pas être mieux servi ailleurs. Je t'en fais le serment. »

Il était guidé par une double raison pour inciter François à partir. Il voulait, d'une part, lui enlever toute velléité de persévérer dans cette relation mi-amoureuse, mi-amicale que celui-ci entretenait avec Mérita ; d'autre part, il saisissait l'occasion pour écarter François de toute mouvance de révolte estudiantine dont le spectre de la répression pointait déjà à l'horizon. C'était au début des années soixante. Un de ses proches amis au palais national avait pris soin de le prévenir du danger que courait son fils :

« La répression sera brutale », lui avait annoncé cet homme bien au fait des intentions du président de la République.

François reçut du gouvernement non seulement l'autorisation de quitter le pays, mais encore une bourse complète d'études, qui lui permettrait de vivre à Paris sans encombre, sans souci des lendemains chancelants que connaissaient dans cette ville la plupart des étudiants étrangers. Le jeune homme ignorait complètement tout ce qui s'était réellement passé. Il répétait à qui voulait l'entendre que son père possédait les moyens nécessaires pour assumer les frais de son séjour dans la capitale française. Et qu'il devait en profiter largement afin de pouvoir revenir mettre son savoir et ses compétences au service de son pays, particulièrement à la disposition de la population de Limbe-Noir. Il accepta l'idée du voyage avec une certaine joie mêlée de tristesse et obtint de son père la permission d'aller voir une dernière fois les personnes et les lieux qui avaient tant enchanté son jeune âge.

Il se rendit donc là-bas. Il était seul cette fois-là. Son départ était fixé pour la fin du mois de septembre. L'arrivée des grands vents secouant la Caraïbe s'annonçait imminente, de plus en plus menaçante. C'était, en effet, la période des cyclones, appelés aussi ouragans qui d'ordinaire balaient la région, emportant dans le Nord comme dans le Sud les maisons des plus pauvres, moins solides, moins équipées que les autres. Souvent, ils s'approchent, les ailes chargées de pluies et d'embruns recueillis de partout sur les mers agitées, pour inonder les plaines, saliniser les pentes bien couvertes de caféiers dont les fruits se dessèchent et se calcinent après coup.

Lorsque les paysans-amis apprirent le retour prochain de François parmi eux, ils exultèrent. Et quand ils le virent arriver, ils se mirent en rangs serrés pour l'accueillir et lui presser la main. Il leur expliqua qu'il n'était pas venu pour rester ; que la visite, cette fois-là, serait de courte durée. Ils veillèrent toute la nuit autour d'un feu de bois, manifestant par des gestes simples leur attachement profond. Mérita ne chercha pas à comprendre pourquoi soudainement il n'y aurait plus de soleil dans le ciel des vacances, pourquoi ils ne chanteraient plus ni ne danseraient plus au son de la flûte en bois, au rythme du tambour, pourquoi enfin, lui, François Belle-Enfance, avait décidé de mettre fin à de si beaux instants. Le jeune homme, de son côté, ne tenta pas de lui fournir les motifs de son départ. Il garda le silence. Les deux jeunes gens passèrent toute la journée suivante à revisiter les lieux, les sentiers perdus au fond des bois fleuris, quelques manguiers sous lesquels ils avaient mûri leur amitié. Pas même un discret mot d'amour ne fut murmuré ; seulement de tendres impulsions, une attention réciproquement soutenue. Un mélange de joie et de tristesse vives. Voilà.

François promit tout de même à sa jeune amie de lui écrire aussitôt qu'il toucherait le sol de Paris. Il lui assura qu'il se souviendrait toujours de Limbe-Noir et de ses habitants.

« À bientôt, si Dieu le veut ! »

• 8 •

À Port-au-Prince, les préparatifs allèrent bon train pour cet étonnant voyage et cet éventuel long séjour. Aucun des membres de la famille Belle-Enfance, tout entière complice de l'habile stratagème, n'avait soufflé mot à François. Le secret fut partout bien protégé. David, pour sa part, tint un long sermon à son fils au sujet des valeurs familiales, des principes auxquels il ne fallait jamais déroger. Il lui rappela que « l'éducation est la base de tout, le fondement de toutes les formes de richesses »

« Toutes nos terres, toutes nos maisons pourraient bien un jour nous être enlevées ou être dévastées par le feu, ta profession de médecin serait seule capable de te sauver du désastre. Tu vois, je suis avocat et notaire en même temps. Mes assises sont solides et mon avenir assuré. Tu devras consacrer toute ton énergie aux études que tu as choisies. Paris, selon ce que j'ai appris, est le centre du grand savoir, mais il passe aussi pour le lieu de la dépravation, du libertinage. Prends garde au chant de sirènes. La débauche est attirante et facile d'accès, tandis que le devoir est exigeant. Méfie-toi des causeurs, faiseurs de paroles qui t'entretiendront de visions politiques, de nations à bâtir, de pays à changer. Cette ville est remplie de ces "bons à rien" qui se promènent le jour, le soir sur les grands boulevards en quête d'auditoire et de reconnaissance. Évite, mon garçon, de te mêler aux groupes qui critiquent notre gouvernement et son président. Ce sont tous des traîtres qui vendent leur adhésion aux premiers venus, aux plus offrants. "Garde-toi bien de juger les gens sur la mine." C'est la morale qui ressort de cette fable de La Fontaine : *Le coq, le chat et le souriceau.* Point n'est besoin de t'en rappeler le contenu. »

À la vue de son fils distrait, perdu dans ses pensées, David accentua sa mise en garde en s'appuyant sur des exemples pertinents.

« Tu sais, reprit-il, les espions traînent partout, parfois là où on les soupçonne le moins. Écoute. La semaine dernière, on m'a rapporté un cas flagrant de trahison. Cela s'est passé à New York, il y a à peine un an. Quelques amis haïtiens, travailleurs, étudiants, exilés pour la plupart, avaient pris l'habitude de se réunir chez l'un d'entre eux, à tour de rôle, pour traverser les durs mois d'hiver. Ils mangeaient, dansaient, chantaient et écoutaient la musique folklorique toute triste de leur pays. Ce soir-là, il faisait un froid sibérien. C'était dans les premiers jours de janvier alors que l'Amérique du Nord était balayée par les masses d'air de l'Arctique. Les arbres étaient morts, couverts de givre. Même les braves chiens avaient peur de mettre le museau dehors. La glace sur les balcons et sur les trottoirs dessinait des étoiles. On pouvait aussi remarquer les figures de feuilles qui étaient imprégnées sur la glace tant elle était devenue rigide et résistante. La nostalgie s'était emparée des cœurs sensibles en exil volontaire ou forcé. Mario, un jeune Haïtien qui venait de débarquer au pays, sans aucune expérience de la politique, lança pour blaguer cette boutade : "Messieurs, si je mettais la main sur le dictateur, je le dépouillerais de ses vêtements et le placerais seul, debout sur la glace durant toute une nuit. Ainsi, il connaîtrait les rigueurs de l'hiver et hésiterait à exiler de pauvres gens."

Les camarades présents à cette soirée, enchaîna David (ils étaient plus d'une quinzaine), avaient ri aux éclats. Certains d'entre eux en avaient rajouté, proposant d'autres mauvais tours qu'ils auraient aimé faire subir au président. Tous s'étaient bien amusés aux dépens du chef de l'État. Mais vint le jour où, pour un séjour de courte durée, Mario effectua un retour au pays. Dès sa descente d'avion, il fut arrêté et conduit au palais national. Et quelle ne fut sa surprise de se retrouver face à face avec le chef, l'arme au point. Celui-ci, de sa voix nasillarde, lui posa à brûle-pourpoint l'insidieuse question : "Mario, mon frère, que vous ai-je fait pour que vous me haïssiez tant ? Vous auriez aimé me mettre nu dans la neige, dans le froid, vous auriez souhaité faire ça à un pauvre vieillard comme moi."

Le garçon stupéfié s'écria : "Président, j'ai seulement voulu plaisanter. Je vous demande pardon, mille fois pardon."

Le chef de l'État feignit d'être touché par cette demande de grâce, le réprimanda sévèrement, tout en lui prescrivant de ne plus faire confiance à personne. Il le relâcha, après lui avoir remis une enveloppe pleine de dollars américains et un revolver automatique pour qu'il puisse "se protéger de tout danger". »

La veille de son départ, François nota sur son carnet intime une pensée qu'on aurait crue destinée à son amie :

« *Si tu t'inquiètes qu'un jour je puisse t'abandonner,*
Sache que seuls les nomades voyagent pour oublier.
J'emporte dans ma valise un vibrant souvenir
Que nulle terre, nul ciel bleu ne pourront ternir.
Fidèle à mon serment, quoi qu'il puisse advenir,
Je ne fais que partir pour plus tard revenir.
Au-delà d'horizons embrumés et bornés
Se cache un vif rayon éclatant de soleil.
À l'envers des vents forts et de très sombres nuages,
Un ruban de lumière jaillit, éclaire et brille. »

• 9 •

L'AVION PARTIT DE PORT-AU-PRINCE POUR ATTERRIR UN PEU PLUS tard à la Jamaïque. La ville de Montego Bay reçut un François très triste dans le sifflement et le tourbillon des bourrasques de la saison. Puis l'appareil prit la direction de Paris, qui à peine réveillé, l'attendait déjà. Tout était prêt pour qu'il entreprenne bien vite les études programmées. Le jeune homme passa les premiers mois à apprivoiser son environnement, en se familiarisant avec les grandes artères, les sites prestigieux, les musées et de nombreux lieux qui opéreront sur lui une grande fascination : Montmartre, la Seine, Notre-Dame, les Champs-Élysées, la tour Eiffel, le Quartier latin, pour ne citer que ceux-là. Le Quartier latin et l'université constitueront les deux pôles de ses réflexions sur le monde, sur les peuples opprimés, et surtout sur son pays auquel il n'a pas cessé de rêver. Il tient son père et sa mère au courant de ses premiers pas, des premiers résultats. Il maintiendra avec eux un permanent contact, jusqu'au jour où, à cause d'un différend majeur, il mettra fin à l'affectueuse correspondance. À chacune de ses lettres, il tentait de s'enquérir de Mérita restée intensément présente dans ses chauds souvenirs. David ne répondait pas, gardant un froid silence aux demandes répétées de son fils. Il alla même jusqu'à déchirer et semer aux vents deux des lettres de François, dans lesquelles le jeune homme clamait son total attachement, son admiration mêlée d'amour, de désir pour la fille-soleil, la fille-café, aux couleurs du terroir, fraîche comme la rosée du matin.

François avait également écrit à Mérita un aveu, telle une chanson empreinte de la douceur du miel qu'on déguste dans la chaleur et l'intimité de l'être.

« J'aurai besoin de toi dans les jours à venir
Pour bâtir ensemble des cathédrales d'espoir
Dont on ne peut rêver sans y associer d'autres
Qui feront pleinement les gestes qu'on attend d'eux.

Je rêve du moment où nous deux parcourrons
Les mornes par les sentiers tout remplis de soleil,
Pour cueillir à nouveau le café de nos vies
Dont les nôtres seuls savent bien savourer le fruit.

Les vacances nous ont liés pour un meilleur avenir
Pour que tes lieux habités puissent changer ton destin
Pour que le mien aussi se transforme demain
Pour que je me souvienne de toi, toujours de toi.

Passent les souvenirs et vive l'espérance !
Les voix, les chants, les mots ne meurent pas toujours.

Une étincelle suffit pour que tout fasse renaître
Le temps. Dans la chaleur des jours ensoleillés,
Du travail en commun, des nuits tièdes de l'été,
Tu vins au cœur de ma fiévreuse jeunesse
Pour façonner mon être pareil au tien sensible
Par la manière de dire, le pouvoir de construire.

Je te sais gré maintenant de m'avoir fait connaître
Les fluctuations du temps quand le ciel devient gris
Et que les hommes et les femmes s'affairent à labourer
La terre qui donne la vie pour que vivent les autres.

Je crois pourtant combien la route sera longue
Très longue à parcourir pour apprendre à bêcher
Puis s'armer de courage pour se rendre plus loin. »

Ces mots, la jeune fille ne les a sans doute jamais reçus. Le dévoilement des sentiments de son fils à Mérita irrita vivement David Belle-Enfance. Il avait cru trouver dans le départ de François la solution à ce préoccupant problème. Il commença alors à ressentir une pénible sensation d'impuissance.

— Emmanuelle, geignit-il, que peut-on faire ? Nous ne pouvons pas laisser notre garçon s'enliser dans cette histoire-là.

Ce mot voulait tout dire : la déception, le désespoir et la frustration causée par une manœuvre ratée. Et tentant de faire preuve d'une fermeté retrouvée, il fulmina :

— Je vais dans les plus brefs délais lui mettre les points sur les i. Il faut qu'il soit bien averti de ma position dans cette affaire je ne mâcherai pas mes mots. *On appelle un chat un chat.*

— Laisse tomber ta colère. François n'est plus un enfant. Nous ne saurions contrôler ses pulsions affectives. D'ailleurs, il est si loin de nous maintenant !

— Justement ! Il va peut-être négliger ses cours, les abandonner même pour rentrer au pays et épouser cette fille au brillant sourire, comme il la décrit. Me vois-tu, moi, le patron d'Antoine Cazéli, devenir son allié, le beau-père de sa fille ?

— Calme-toi ! On n'en est pas là. Notre fils est sensible aux charmes de ce qu'il croit être la pureté. Ne t'inquiète pas, mon ami. Il lui reste encore quelques années pour tout oublier.

La colère en ces cas est mauvaise conseillère, dit-on. David s'y laissa prendre. Et ce fut très dommage. Malgré les adjurations de sa femme, Me Belle-Enfance écrivit à François une lettre d'une telle rudesse qu'il entraîna la rupture de leur relation. Après les félicitations d'usage à son fils, il fit le tour des questions qu'un père très soucieux de l'avenir pose à son enfant en toutes circonstances. Il s'enquit de sa santé, de son hébergement, des matières dans lesquelles il excellait et d'autres susceptibles de lui causer des ennuis. Tout à coup, il changea de ton.

« Une de tes lettres, que j'ai ouverte par inadvertance, m'a laissé horrifié à la pensée, au fait même que tu es profondément amoureux de la petite paysanne de Limbe-Noir.

Je ne comprends pas. Je n'y comprends rien. Je la voyais souvent suspendue à tes lèvres quand tu parlais de tout et de rien. Je vous regardais tous les deux collés l'un à l'autre dans les activités communes. Vous marchiez, vous courriez, vous cueilliez le café. Et je croyais qu'il s'agissait d'une simple relation d'affaires : elle, travaillant pour son père, toi, dans l'intérêt du tien. Je me rends compte que je me suis lourdement trompé. Tu t'es laissé embobiner par une fausse naïveté, une apparente simplicité qui ont su profiter de ton excessive candeur. En t'emmenant à Limbe-Noir, j'ai voulu faire de toi un homme complet avec des horizons élargis, mais gardant les deux pieds sur terre. Aujourd'hui, je constate que je n'ai réussi qu'à moitié. Fort heureusement pour nous, jusqu'ici, tu n'as pas tourné le dos à la médecine. Plaise au ciel qu'il n'en soit pas ainsi ! Ce serait la catastrophe !

Tu déclares, dans tes écrits, que Mérita n'a pas sa pareille parmi les jeunes filles de ta connaissance. Sais-tu au moins combien elles sont à t'attendre maintenant, les mains jointes ? C'est à qui souhaiterait être l'élue de ton cœur ! ! ! La petite Didine, pour ne citer que celle-là, terminera bientôt ses études en architecture. Elle ne jure que par toi. Elle est jolie, bien éduquée comme nous. Elle est une citadine issue d'une famille respectable, celle des Point-du-Jour. Tu les connais !

La couleur café-soleil, à laquelle tu te réfères pour décrire ta Mérita, n'a pour nous aucune résonance. Comment as-tu pu te laisser séduire par ce factice attrait ? Nous sommes du Nord. Cela veut tout exprimer. Nous sommes plutôt attachés à notre rang familial, à notre statut. Seule compte pour nous la descendance auréolée de faits glorieux. Je suis avocat-notaire. Dans moins de quatre ans, tu seras médecin. Voudrais-tu vraiment que nos terres soient partagées par Antoine Cazéli et sa famille ? Il est temps pour toi de te ressaisir. L'heure ne se prête plus aux sentiments, de quelque nature qu'ils soient. Je te déshériterai, s'il faut que je le fasse, s'il faut en arriver là. »

• 10 •

À LA LECTURE DE LA LETTRE, FRANÇOIS REFUSA DE CROIRE QU'ELLE avait été rédigée par son père. Il ne se serait jamais imaginé une telle situation : David Belle-Enfance menaçant de le déshériter, la colère habitant ce dernier et surtout le mépris carrément manifesté à l'égard des petites gens depuis longtemps à son service. Ce coup de tonnerre le heurta en plein visage, en plein cycle d'examens de sorte qu'il ne put s'ouvrir à aucun de ses camarades de la Faculté. Il passa des nuits blanches à reconstituer les images, les périodes de vacances durant lesquelles son père conduisait la petite famille à Limbe-Noir et retournait en ville après un court laps de temps parmi eux. Il se demandait comment cet homme, si ouvert et si direct, avait-t-il pu cacher aussi longtemps, un peu trop longtemps même, ses réels sentiments. Il revit étape par étape les randonnées pédestres, les soirées de famille en ville où David fournissait des comptes rendus et parlait d'affaires à régler ; il dévoilait, avec tout le gestuel requis, ses astuces pour vaincre le confrère adversaire. Un vif éclair ralluma la mémoire du jeune homme. En ce temps-là, en effet, quand tout le monde avait fini de s'exprimer, l'avocat terminait toujours par le récit d'une cause de justesse gagnée, pour montrer son adresse, sa force de caractère et ses immenses talents. François se souvint de ce procès dont son père avait retracé dans tous ses détails le déroulement.

Deux hommes, dont un jeune de vingt-trois ans, avaient attaqué et tué, à coups de machette, un *hougan* accusé d'avoir causé la mort d'une femme durant son accouchement. La lourdeur de ce triste événement s'était appesantie sur toute la ville. Les assassins avaient surpris le supposé coupable pendant qu'il se reposait, fatigué après de longues heures de travail. En effet, pendant toute la journée, une vingtaine de ses adeptes l'avaient rencontré : certains cherchaient à obtenir sa protection contre les mauvais sorts, d'autres comptaient solliciter l'application de sa « justice » surnaturelle contre leurs adversaires. Les voyant s'approcher, le *hougan* s'était précipitamment réfugié dans le « *galta* », sorte de réserve de biens comestibles, se rappelle-t-on, que possèdent la plupart des maisons paysannes. C'est là qu'ils le saisirent à la gorge et le basculèrent dans l'échelle (qui servait d'escalier) pour l'achever avec leurs machettes tandis qu'il gisait sur le sol.

« J'ai plaidé la légitime défense », laissa tomber David. Il avait flairé un courant de sympathie de la population à l'égard du jeune homme qu'on qualifiait de brave, même si tout le monde savait que la victime était presque un vieillard, oncle de la femme trépassée et aussi de ce garçon. Ayant appris que sa nièce était en grand danger à l'hôpital, le hougan s'était empressé d'aller la secourir. Il était entré dans la chambre, avait imposé la main sur le ventre endolori de la femme en travail, adressant une prière à ses *lwa*, aux dieux tutélaires de sa race. Cela avait suffi pour que la rumeur publique fasse croire qu'il était venu parachever son « œuvre » diabolique.

« J'ai plaidé la légitime défense, reprit David, parce que le méchant homme aurait, rapporte-t-on, proféré en sortant de la chambre cette terrible menace : "*Pita, pitris*". Mes clients étaient par conséquent dans la situation légale de prévenir cette agression contre la femme en difficulté. J'ai donc soutenu l'imminence du danger, ce qui réclamait une action immédiate dans la circonstance. C'était ainsi la mort pour contrer une menace de mort. »

Et François continua de se remémorer toutes les envolées oratoires de son père, envolées qui masquaient le vrai fond de cet homme orgueilleux, obstiné, fixé sur la satisfaction de ses besoins propres. L'étudiant décida d'attendre la fin des épreuves de juillet avant de donner suite à la lettre de David. Il comptait agir à ce moment-là en s'inspirant des jours heureux qu'il avait vécus dans les mornes de Limbe-Noir.

• 11 •

Paris, 28 juillet, 23 heures 30

Mon cher père,

Votre lettre du mois de juin dernier m'a grandement surpris. M'a assommé. Au point que je me suis demandé si elle est écrite de la main de ce père que j'ai connu depuis ma plus tendre enfance. Je suis désolé de recevoir cette gifle en plein visage. Les reproches que vous m'adressez tournent autour du fait que j'éprouve pour Mérita, la discrète fille des mornes, une folle admiration que personne d'entre vous n'arrive à comprendre. J'ai naïvement cru en votre sincérité quand, en nous conduisant dans les environs de Limbe-Noir, vous nous recommandiez la compagnie des gens simples et heureux qui nous assisteraient dans notre apprentissage de la vie en campagne ; qui nous communiqueraient leurs modestes façons de vivre et d'évoluer dans le sens de la tâche consentie et bien accomplie. Peut-être, sans le vouloir vraiment, vous avez réussi. Car nous avons, en tout cas pour ce qui me concerne, bien reçu l'éducation « souhaitée ». J'ai appris avec les cultivateurs de Limbe-Noir à saisir le vrai sens de l'humain, à cultiver comme eux le goût de la nature, la franchise dans l'accomplissement de l'acte et l'ardeur au travail. L'humanisme chrétien auquel j'ai touché m'a aiguisé les sens. J'éprouve aujourd'hui, après vous avoir lu, plus de faiblesse pour eux que par le passé.

J'ai cru comprendre que vous êtes horrifié du fait que votre fils soit épris d'une quelconque fille de la communauté rurale ; que vous gémissez que je sois fasciné par l'apparence physique sans racines et sans gloire. Je voudrais que vous sachiez que les hauts faits de l'histoire nous appartiennent à tous, sans distinction de rang, de race et de couleur. Nous devons notre patrie aussi bien aux « sans terres » qu'aux héros d'illustre notoriété. Vous vous imaginez à tort que je me suis égaré dans des sentiers illusoires qui n'ont rien à voir avec la réelle nature des choses. Vous tonnez que vos biens ne peuvent être partagés entre votre famille et celle d'Antoine Cazéli. Mais qui les a travaillés ? Et puis, qui a parlé de biens à posséder ? Ma relation avec Mérita relève beaucoup plus d'une commune et profonde conviction, à savoir que ce peuple a besoin d'être aidé d'une façon ou d'une autre. Nous partageons tous deux cette foi en l'avenir. Je ne suis pas attaché aux terres que vous possédez. Vous souvenez-vous ? Maintes fois, je vous ai demandé d'où ils provenaient, ces domaines auxquels vous êtes tant attaché. Vos réponses n'ont jamais été ni convaincantes ni concluantes. Vous êtes toujours resté englué dans des lieux communs, des phrases superficielles qui n'ont fait que cacher votre véritable personnalité. Je me garderai, désormais, de vous en parler, tout en demeurant votre fils,

François Belle-Enfance

Désarmé, stupéfait devant la lettre sans appel reçue de son fils, David Belle-Enfance ne répondit pas. Ce fut un long silence qui allait lui paraître toute une éternité. Il laissa couler le temps, engagé qu'il était dans des situations diverses. Il ne chercha pas non plus à attiser les sentiments de François en lui envoyant, par personne interposée, des reproches relatifs à la douleur qui devait les tenailler tous les deux. Car, grommelait-t-il, plus je l'embête à ce sujet, plus il va persister dans ses erreurs d'enfant. Des jours et des nuits s'écoulèrent ; une, deux, trois années sans nouvelles d'un côté comme de l'autre consommèrent la rupture. François entre-temps poursuivait ses études en vue de les terminer dans les délais prescrits. Il partageait son temps entre les activités d'étudiant et de sobres sorties ; il s'initia au programme du Parti communiste haïtien dont il scruta les moindres aspects. C'était en octobre 1967. Il avait rencontré quelques mois plus tôt, lors de ses errances sur le boulevard St-Michel à Paris, un groupe de jeunes : deux Haïtiens, deux Cubains et deux Vénézuéliens qui l'avaient invité à s'inscrire à l'International, un club politique branché aux pays avant-gardistes d'allégeance socialiste : Chine, Cuba, Union soviétique. La table était donc mise pour que François s'imprègne de théories et de principes organisationnels débouchant sur des actions concrètes, présumées conduire à la libération des peuples opprimés. Les réunions se multiplièrent, au cours desquelles le jeune homme, aidé de ses compatriotes, exposa la situation de son pays. Limbe-Noir leur apparut comme la zone idéale pour parler de la terre, de son exploitation, de l'absentéisme des grands propriétaires et surtout du maigre revenu des agriculteurs coincés sur les lieux de travail. François leur raconta tout, l'été sur les terrasses des grands boulevards, ou à Montmartre, au bord de l'église; l'automne et l'hiver, dans les soirées intellectuelles où l'on refait ordinairement le monde, montrant toutes ses blessures. Il lui arriva souvent de parler de sa verte campagne, des cocotiers qui contemplent le ciel, des manguiers de toutes les espèces, chargés de fruits mûrs, enfin, des plantations de caféiers s'étendant sur les mornes, là où les pentes pas trop abruptes permettent d'éviter le ruissellement.

« Quand on y entre, leur expliqua-t-il avec beaucoup d'émotion et de nostalgie dans la voix, de longs couloirs se déplient devant nos yeux grands ouverts. La voûte cache le soleil, protège de la pluie. Le charme de la nature opère aussitôt sur tout le monde, même sur ceux qui n'ont guère l'habitude de parcourir les bois, la tête recouverte d'un grand chapeau de paille, le cœur léger et l'esprit en fête. »

Chaque fois qu'il revoyait ses bons amis, il parlait de ces lieux comme s'il s'agissait de son coin de naissance. Les personnes, les objets, les symboles revenaient toujours au centre des entretiens. Comme dans une mise en scène soigneusement orchestrée, il les présentait à tour de rôle. Et quand arrivait le moment de camper Mérita et son père Antoine Cazéli, François laissait libre cours à ses souvenirs relativement aux moments passés auprès d'eux. Les histoires qu'on lui avait rapportées sur ces gens avaient investi tout son être.

— Pourquoi évoques-tu si souvent tes rapports avec Mérita ? lança un soir, avec un franc sourire, un de ses compagnons.

— Mérita est spéciale. Elle a toutes les qualités requises pour devenir une excellente militante : le raisonnement juste, la bonne forme physique et la persévérance.

— Ne penses-tu pas que tu exagères un peu ? enchaîna un autre membre du groupe.

— On n'exagère jamais quand on exprime la simple vérité.

Ils restèrent ainsi fidèles à leurs rendez-vous presque tous les week-ends, pour discuter, manger souvent ensemble, danser parfois au rythme du konpa, de la salsa et d'autres rythmes latino-américains. François, Michel et Jean-Paul, Manuel et Pedro, Ramirez et Perez avaient fini par constituer une cellule de base destinée à analyser les politiques des gouvernements qu'ils qualifiaient de droite et à proposer des solutions à quelques groupes révolutionnaires qui œuvraient dans la Caraïbe et en Amérique latine. Un soir, alors qu'ils parlaient de Cuba, le fils de David Belle-Enfance introduisit dans la conversation une anecdote que lui avait racontée le cher Antoine Cazéli.

« Antoine nous fit un beau jour, en lieu et place d'un conte, le récit d'une périlleuse aventure qu'il avait vécue vers la fin des années 1930, alors qu'il bûchait dans les champs de canne de la grande île. Il avait travaillé durant toute la journée, de 7 heures à 12 puis de 13 heures à 18 heures : six cents minutes de labeur sous un soleil ardent coupées d'une pause souvent égratignée par la durée de la maigre cantine qui prenait par sa lenteur la plus grande partie du temps alloué à ce bref moment de répit. Il allait partir quand une voix sonore l'interpella :

— Senior, vous n'avez pas payé votre ration du midi !

— Si, Senior, j'ai payé, répartit Antoine. Et comment aurais-je pu manger si je n'avais pas versé mon dû ? Rien ici n'est gratuit, autant que je me rappelle.

— La patronne soutient pourtant le contraire. On voit bien que vous n'êtes pas d'ici. Votre avez un étrange accent ; votre langage vous trahit. J'espère que vous rentrerez chez vous quand vous aurez fini, quand vous aurez assez d'argent pour payer le voyage.

— Allez donc vous faire foutre, espèce de « *malicon* » !

À ces mots, l'individu devenu rouge de colère, lança sa machette d'un trait sur Antoine Cazéli. Celle-ci passa si près qu'elle frôla l'oreille gauche de l'Haïtien et fit voler son chapeau.

« Caramba, s'emporta Antoine, je vais vous couper les couilles... Si vous en avez encore. »

« L'homme eut la vie sauve grâce à l'intervention d'un superviseur qui traînait par là », avait conclu Antoine Cazéli.

La jeune fille, ne manqua pas de signaler François, avait paru gênée des propos de son père. Doucement, elle s'était esquivée à la lueur d'une lampe qui éclairait à mi-chemin la nuit.

Manuel et Pedro se sentirent interpellés. Ils se crurent tenus de jurer que de nos jours un tel incident ne se reproduirait plus dans leur pays ; que la Révolution cubaine reconnaît l'apport historique des Haïtiens, combien nécessaire à l'économie de l'île ; que de nombreuses familles de résonance française ou créole vivent encore à Cuba, terre ayant contribué à tous les changements dans la Caraïbe et en Amérique latine.

• 12 •

OCTOBRE 1967. ANTOINE CAZÉLI, MONTÉ SUR SON CHEVAL BRUN, parcourt 28 kilomètres pour se rendre au domicile de son patron, David Belle-Enfance. Il veut à tout prix discuter avec lui de la récolte à venir. Les plantations de café ont été frappées de plein fouet par une inquiétante dégradation du rendement de ses travailleurs.

— Patron, avoue-t-il immédiatement à David, la situation est de plus en plus difficile. Le rythme du travail journalier baisse considérablement. Et notre production de café est par conséquent menacée.

— Qui en est responsable ? éclate l'avocat. À ce que je sache, vous êtes bien payé pour ce travail. C'est à vous d'y voir. Au fait, à quoi voulez-vous en venir ?

— Je veux vous faire comprendre qu'il faudrait penser à hausser le salaire des journaliers ; cela les encouragerait à travailler plus vite.

Pour justifier son refus, David évoqua toutes sortes de raisons. Il expliqua à Antoine que des changements dans la situation internationale du café avaient provoqué de lourdes pertes pour Haïti ; qu'après une longue période de léthargie, certains pays d'Afrique et d'Amérique latine avaient refait surface et contribué ainsi à faire diminuer la demande du café haïtien ; que l'exportation de la précieuse denrée venait de chuter de 34 000 tonnes métriques en 1963 à 16 000 tonnes pour 1967 ; que sur l'ensemble du territoire, la surface récoltée en café était passée de 80 000 hectares en 1961 à 60 000 en 1967.

— Et puis, ajouta-t-il, d'autres conditions internes doivent être mises dans la balance. On doit payer les taxes à l'exportation. Il y a aussi le code du café qui est devenu loi depuis 1958. Tout le monde doit respecter cette loi, encore aujourd'hui.

Le code du café avait été en effet adopté pour réglementer les différents aspects de la commercialisation de la denrée, depuis la conduite des caféiers et de la récolte jusqu'aux procédés utilisés dans les usines de transformation, les obligations des intermédiaires et le transport vers les marchés.

Tous ces propos, ces calculs et l'évocation de ces mesures eurent pour effet de jeter la confusion dans l'esprit de ce paysan qui commençait à sentir une charge de plus en plus lourde peser sur ses épaules. Comment allait-il pouvoir ragaillardir les petits paysans déjà en proie à toutes sortes de difficultés ? Il tenta de s'armer de courage :

— Maître, risqua-t-il d'un ton très conciliant, les travailleurs dans les « escouades » ne savent rien de tout ça. Ils ne demandent qu'à gagner leur vie à la sueur de leur front...

D'un geste d'impatience et d'une voix menaçante, David lui coupa la parole :

— La loi prévoit des pénalités très sévères pour tous ceux qui tenteraient d'en violer les dispositions, des peines allant même jusqu'à la prison. Ne le saviez-vous pas ?

En prononçant ces mots, il écumait de rage. Car au fond de lui-même, il croyait Antoine complice d'un certain secret que celui-ci devait sans doute partager avec sa fille. À ses yeux, cet homme n'était plus fiable. Qu'étaient-ils devenus les jours heureux d'autrefois, où s'écoulaient des plaisirs sans nuages ?

Antoine Cazéli essaya une dernière fois de faire le point avec son « ami » d'hier, son vrai patron de l'instant. Il voulut l'entretenir sur la bonne volonté des paysans sans terres, qui n'avaient d'autre souci que celui de survivre aux forces de la nature, destructrices parfois. Mais ce fut en vain. Il marmonna alors qu'il était presque impossible de s'associer à l'idée que les hommes vivraient un jour en frères ;

que les souvenirs des immenses étés étaient choses du passé ; que désormais il revenait aux travailleurs de revendiquer plus fermement leurs droits. Il retourna chez lui, dans son Limbe-Noir natal, le cœur plein d'amertume, ne faisant plus confiance à la nature humaine. Sur le chemin du retour, il se mit à penser que quelque chose pourrait peut-être changer. Il retrouva sa femme, sa fille et ses deux garçons qui, anxieux, l'attendaient ; leur fit le récit de sa visite en ville, détailla tout son plaidoyer en faveur de la cause paysanne. Quand Mérita le questionna sur l'avenir, il lâcha :

« Je ne m'occuperai plus de leurs affaires. *Moun sa yo se gwo moun, yopa konnen doulè malere. Sak rive l rive!* Ce sont des gens de la haute société. Il n'y a rien de commun entre eux et nous. Advienne que pourra ! »

• 13 •

Et puis, arriva Mai 68. Michel et Jean-Paul, Manuel et Pedro, Ramirez et Perez, de même que François Belle-Enfance venaient de terminer leur cycle d'études universitaires : la médecine pour celui-ci, la chirurgie pour celui-là, les cinq autres ayant opté pour la géographie, le génie civil, la sociologie, la philosophie et les mathématiques. Ils avaient tous, durant leur séjour en France, eu le temps de visiter quelques camps d'entraînement où le maniement d'armes, ne fût-ce que légères, leur avait été enseigné en guise de complément à leur militantisme ou à leurs aptitudes pour les activités militaires. Le mouvement de mai et de juin 1968 les retrouva là, en plein processus de maturation dans le but unique de contribuer à l'émancipation des peuples opprimés. Ils virent dans cette contestation la justification de leur adhésion aux idéaux révolutionnaires dont ils avaient tant besoin pour influencer certaines destinées. « Considérée comme une césure marquante dans l'histoire de la France du XXe siècle, Mai 68 fut une révolte, une réaction spontanée contre la société traditionnelle, l'impérialisme et le gaullisme. La France fut donc bouleversée par la nature à la fois culturelle, sociale et politique de cette levée de boucliers qui gagna, en peu de temps, toutes les catégories de la population et s'étendit au reste du monde, au-delà des frontières européennes. Explosion parfois violente, souvent confuse et ludique, la révolte apparut comme un moment crucial d'une révolution dont la foi ardente visait la transformation radicale de la société. » Les sept camarades participèrent étroitement à la marche de l'événement au point qu'ils y saisirent l'occasion ultime de le lier à leur propre démarche.

— Prenons un peu d'expérience, proposa Ramirez lors d'une rencontre qui avait réuni tous les membres de l'équipe.

Nous avons besoin de conseils et de conseillers. Le parti en ce sens pourrait bien nous aider.

— Nous n'avons pas besoin de héros, mais bien de citoyens qui savent identifier les véritables maux qui perturbent la vie des peuples, ajouta Perez.

— Savez-vous si le Parti communiste français appuie notre cause ? questionna Jean-Paul. Même s'il est la première force de gauche ici, ce n'est pas certain qu'il soit du côté de nos revendications sociales.

— Les révolutions produisent des hommes d'action comme chez nous, à Cuba, nota Manuel. Fidel est un exemple vivant de perspicacité, d'altruisme et de combativité. Saisissons ce que la France nous offre pour concevoir nos stratégies. Puis, tournons-nous vers d'autres modèles plus pragmatiques et plus sécurisants comme la Chine et Cuba. À ce titre, le modèle cubain demeure le pionnier dans la Caraïbe et en Amérique latine, en fait, pour tous les pays du Tiers-Monde.

François s'était donc fait des alliés qui avaient, comme lui, le goût des changements réels. Il était convaincu de cette idée : « Quand on veut faire la révolution, il ne suffit pas de parler, d'enrouler sa natte ; la première chose à faire est d'entrer en contact avec des révolutionnaires. » Bien qu'il le fût dans l'âme, François resta soucieux de l'évolution des membres de sa famille. Il écrivait de temps en temps à sa mère pour s'enquérir des nouvelles de ses sœurs ; en profitait pour parler de Limbe-Noir qu'il continuait de décrire comme le lieu de prédilection de son adolescence. Les boisés, les chemins, les pistes qui serpentaient sous les caféiers, tout lui ramenait le parfum des fleurs, l'odeur de la terre quand elle était mouillée, le silence des nuits après que les criquets s'étaient tus et le souffle de Mérita si ardente et si souriante assise près de lui. Il demanda à sa mère de s'informer sur ce que, durant son absence, elle était devenue. Au sujet de David il n'ajouta absolument rien, se rappelant que celui-ci avait causé tous les ennuis.

Il annonça à sa mère qu'il avait terminé ses études universitaires, mais qu'il comptait, pour quelque temps encore, demeurer à Paris, là où toutes les occasions pouvaient se présenter, où toutes les rencontres étaient possibles.

« Je ne te dirai pas que je suis heureux ici. Tu ne me croirais pas. Ce serait trop bête. Tu aurais raison de penser que je mens effrontément. Peu importe que je savoure la beauté des lieux étrangers, l'espace d'un jour, d'une semaine, même de huit années déjà, mon bonheur ne peut se situer en marge du temps, de celui de mon pays sacrifié, de ma campagne exploitée. Je veux t'exprimer cependant ma grande satisfaction d'être à Paris, d'y étudier, d'élargir mes connaissances, de rencontrer chaque jour des gens ouverts au monde, au changement, à la diversité. Mais je désire aussi que tu saches qu'on se sent vraiment seul quand on est loin des siens ; *que jamais le pays natal n'a lâché le poète, le patriote ou le combattant.* J'ai apprivoisé ma campagne, les femmes et les hommes qui y vivent, non seulement avec la bêche et la pioche, mais aussi avec la pensée, ce faisant, d'améliorer leur sort. Quand une âme naît sur ma terre appauvrie, elle se trouve saisie dans des filets qui empêchent son véritable essor. Je veux briser ces mailles pour qu'éclate enfin l'impressionnante force qui la libérera de toutes cruelles contraintes. Je veux rester dans la Ville lumière pour quelques mois de plus, avant de retourner chez moi pour servir et y vivre en paix avec les miens. »

• 14 •

Les idées révolutionnaires qui bouleversaient la France n'allaient pas tarder à traverser les mers pour atteindre les rives d'Haïti, brûlante du désir de changer son destin. Et comme en 1789, la révolte de Mai effectua un bond prodigieux pour occuper l'espace très étroit, tout aussi plein de risques que le pays offrait aux patriotes épris de pleine liberté. Déjà, à Port-au-Prince, les nouvelles allaient bon train : le Sud et le Nord étaient fortement touchés. L'Ouest et le Centre attendaient encore qu'une fenêtre s'ouvre, plus favorable et plus sûre. La colère, en fait, avait embrasé toutes ces régions. Limbe-Noir s'était constitué le noyau de ce mouvement social, porteur de sérieuses et justes revendications. Celles-ci, pourtant nombreuses, n'avaient jamais été considérées ni par l'État ni par les grands propriétaires. Ils réclamaient tout simplement, ces pauvres paysans, des augmentations de salaire pour ceux qui travaillaient les terres, et l'élévation du prix d'achat du café aux porteurs par les spéculateurs intermédiaires. Ils s'attaquaient, à vrai dire, au socle de la commercialisation du café, denrée de base dont l'État et les « grandons » profitaient allègrement. Ils exigeaient, de surcroît, la redistribution des terres, ce qui faisait tiquer autorités et patrons concernés. Mais le gouvernement de la République fit semblant de ne rien entendre, de ne rien comprendre, sachant très bien qu'une bonne bastonnade ferait plier insurgés, sympathisants et mécontents. Il laissa bien aux journaux le soin de traiter du sujet. Le *National* commenta : « *Petite révolte dans le Sud et le Nord. Le Père de la nation se demande pourquoi.* » Tandis que le *Samedi matin* donnait un autre son de cloche : « *Les paysans du Sud et du Nord se disent exploités. Découvrons la vérité.* » Le titre était déjà risqué aux yeux du grand public. Quand même, l'hebdomadaire survécut.

François et ses six compagnons étaient à peine revenus, fatigués, d'un voyage dans l'Est quand, surpris, ils reçurent la fracassante nouvelle : des bandes de paysans du sud et du nord d'Haïti se révoltent contre le régime établi. Le journal *La Sentinelle* diffusait le scoop depuis quelques jours déjà. Une réunion d'urgence s'imposa alors à tous les membres du groupe.

— C'est vite arrivé ! s'exclama François, on ne l'attendait pas de si tôt.

— Dès que les conditions objectives sont réalisées, rétorqua Pedro, la révolution peut se mettre en marche. C'est donc inéluctable.

— Que faire ? avança Perez. Nous ne pouvons pas les abandonner à leur sort. D'ailleurs, « les révolutions ne sollicitent pas de passeport » ; nous devons y aller tout de suite.

— Les opérations mal planifiées n'aboutissent ordinairement à rien. Il faut s'entretenir tout d'abord avec la direction locale des grands partis, requérir de l'aide, puis contacter le P.C. haïtien pour voir dans quelle mesure il consentirait à s'impliquer dans l'action.

Jean-Paul ne s'exprimait pas souvent, mais quand il intervenait c'était toujours pour apporter du nouveau, un élément concret dans la discussion. La rencontre se termina sur des opinions éparses et sur des suggestions qu'ils devaient soumettre aux instances supérieures avant de prendre l'initiative d'aller à la rescousse des cultivateurs en armes.

Quelque trois semaines plus tard, le journal *La Sentinelle* diffusa, en grandes manchettes, la photographie d'une jeune femme dénommée Mérita, Mérita Cazéli, tenant de la main gauche un fusil ceinturé de balles et brandissant de l'autre le drapeau bleu et rouge haïtien, alors que le président de la République avait fait adopter auparavant les couleurs noire et rouge comme symbole de la victoire de Vertières à la toute fin de la guerre de l'Indépendance. Cette annonce, sur le coup, changea le déroulement et la tournure des événements. Qu'elle était belle, resplendissante, la brune fille de Limbe-Noir, entourée de guerriers masqués, mais armés de conviction ! La rumeur laissait entendre qu'elle avait, en maintes circonstances, cassé le cou et brisé la cervelle à des hommes qui se croyaient plus forts et plus aguerris qu'elle. Pantalon bleu foncé épousant son corps d'athlète, corsage rouge vif établissant le contraste, un très court foulard lui cernant le cou, un bandeau assez large lui serrant le front, elle semblait vouloir défier le monde.

François convoqua une autre cruciale rencontre. Il réfléchit à la décision qu'il allait prendre et soupira en murmurant les mots du poète :

Ô mon pays ! À quel prix il faut te mettre ? Celui-là seul le sait qui t'a perdu.

Et le jeune d'ajouter en répétant : *L'homme qui se croit seulement né pour son père et sa mère attend le terme que le destin et la nature ont fixé à la durée de sa vie ; mais celui qui se croit né aussi pour la patrie aimera mieux périr..., et la mort paraîtra moins affreuse que* [tous] *les outrages et* [toutes] *les indignités.*

C'est pénétré de ces pensées qu'il demanda à ses camarades de l'accompagner dans les mornes de Limbe-Noir.

— S'il faut y aller seul, j'irai combattre à ses côtés. Elle le mérite bien.

— Devrions-nous comprendre que tu y vas pour elle, uniquement pour elle, et non pour le pays ? fit, avec un bref sourire, Pérez, le pince-sans-rire.

— Ne faudrait-il pas que tu t'informes de la vraie situation là-bas ? ajouta Michel.

— Écris donc à tes parents pour en savoir plus, suggéra Manuel.

François observa un long silence. Car lui trottait dans la tête l'embarrassante remarque de son ami Pérez : son âme et celle de Mérita étaient-elles destinées à brûler du même feu ? Il pensa alors aux multiples rencontres qui avaient marqué toute la longue période où ils allaient tous les deux contempler le ciel, labourer la terre, parler aux oiseaux comme on s'adresse aux humains. Main dans la main, ils s'étaient donné pour tâche d'effacer les traces de l'injustice flagrante que subissaient des êtres totalement sans défense. Comment pouvait-il au moment décisif abandonner le rêve qu'il avait très longtemps caressé ?

• 15 •

En Europe, tout semblait aller dans le sens des objectifs visés. Les grandes capitales des pays progressistes n'étaient point fermées aux idées de changement qui balayaient la partie occidentale de l'ancienne Hispaniola. Certains gouvernements étaient même prêts à opter pour le camp des insurgés ; du moins, ils étaient disposés à les aider en leur fournissant armes et munitions, nourriture et vêtements. Quant aux sept militants qui les avaient rendus sympathiques à la cause, ils leur promirent de l'argent, des instructeurs et toute la logistique nécessaire.

Avant de s'embarquer pour ce très long voyage, François accomplit le dernier geste qu'il jugeait nécessaire envers sa famille. Car pour lui « aucun lien n'est plus fort que celui du sang ; il lance les ponts au-dessus des plus profonds abîmes ». Le jeune homme résolut de contenir, encore pour quelque temps, la violente colère autrefois ressentie. Il écrivit donc, au cœur de ces nuits où il ne dormait plus, la lettre qui, selon lui, permettrait de tout raccommoder. Il n'annonça pas à ses parents qu'il allait en héros retrouver les insurgés du Nord. Son propos se basa sur la vive compassion qu'inspirait la situation des pauvres gens de son pays. « Comment pouvez-vous comprendre une chose si vous n'en êtes pas vous-mêmes profondément touchés ? Je compatis à la misère des gens "d'en dehors" parce que je les ai vus travailler avec ardeur sous le soleil brûlant. Je suis devenu un des leurs, quoi que vous en pensiez maintenant. J'éprouve à leur égard cette franche sympathie qu'on partage souvent avec les êtres qu'on aime. Je n'arrive pas à saisir le fond de vos pensées. Pourquoi n'êtes-vous pas intervenus, pourquoi n'intervenez-vous pas auprès de vos amis, de vos pairs pour qu'ils remettent une partie des terres, si infime soit-elle, aux cultivateurs qui les labourent sans relâche depuis si longtemps ? Si vous ne réagissez pas, vous serez peut-être témoins d'une très longue et tragique révolte qui ébranlera les fondements de vos richesses et ceux du pouvoir en place. Que Dieu vous protège ! »

La réponse de Me Belle-Enfance à son fils, cette fois, ne se fit pas attendre. Elle fut d'abord cinglante, en même temps qu'il voulut tourner en dérision les flagrantes contradictions relevées dans la lettre de François.

« Tu clames que tu es un des leurs. Mais comment peux-tu être à la fois une chose et son contraire ? Mis à leur place, tu n'aurais jamais été capable d'entreprendre la belle vie que tu as menée jusqu'à ton départ de ton pays. De poursuivre ensuite en France des études universitaires, enfin d'être diplômé médecin. Ton rang social te fait bénéficier des faveurs de l'État ou du gouvernement qui l'administre. »

Mais le ton, vers la fin, s'adoucit. « Je suis confus à la pensée que tu remets en cause nos fondements, nos richesses. N'en es-tu pas, véritablement, le produit poli et bien fini ? De quoi te plains-tu donc ? L'expérience de la vie se chargera bien, j'espère, de faire de toi l'homme que j'ai voulu voir grandir à mes côtés. Je suis vraiment déçu de ce qui nous est arrivé. Je m'étonne. Je n'aurais jamais pensé qu'il en serait ainsi. Fasse le ciel que tu ne sois à tout jamais perdu ! Pour ta mère, pour tes sœurs et tes amis aussi ; pour moi qui n'ai fait que vouloir me reproduire en toi, redresse-toi et pense à ton avenir encore plein de promesses dans la voie que nous t'avons tracée. Car la piété filiale est la racine de l'homme. Qu'elle s'effrite maintenant, c'est comme une plante déracinée qui prendra énormément de temps à pouvoir refleurir. »

• 16 •

Tout était fin prêt pour l'imminente invasion, pour le grand débarquement. Les sept camarades firent un saut rapide à Saint-Malo où ils embarquèrent sur le *Nordique*, bateau de gros tonnage, qui devait les conduire à un port des Antilles. La traversée fut donc d'assez longue durée. Le paquebot dut affronter sur son parcours des montagnes de vagues (12 à 15 mètres environ de hauteur) qu'il parvint à surmonter, fort de son puissant moteur et de sa lourde cargaison. À mi-chemin entre l'Europe et l'Amérique, ils s'arrêtèrent aux Açores, escale obligatoire pour ne pas oublier la terre ferme qu'ils avaient laissée depuis quelques jours déjà. Le capitaine changea, à moitié, d'équipage. C'était, peut-être, la règle des grandes traversées. Parmi ceux qui vinrent relever la garde figurait un homme souffrant d'une forte fièvre. Ayant appris qu'il y avait un médecin à bord, il se présenta à François qui accepta d'intervenir. Il soigna et guérit le chancre mou qui rongeait profondément le gland du pénis du marin. Celui-ci, en signe de reconnaissance, lui remit une statuette, une sorte de porte-bonheur que le jeune médecin reçut avec plaisir. François nota dans son journal intime cet acte médical, comme il n'avait cessé de le faire pour d'autres gestes, dans d'autres circonstances.

Et le bateau reprit sa courbe, dans cet océan encore plus agité par les vents dominants. Habitués à observer la mer, Manuel, Jean-Paul et les autres n'éprouvèrent aucune crainte à la regarder se mouvoir, dessinant en son sein des reliefs, des vallées profondes dont les crêtes parvenaient à surélever le navire qui tanguait sous la force des bourrasques. La mer avait toujours été pour eux une amie très fidèle qui n'allait pas les lâcher du jour au lendemain.

Lorsqu'ils abordèrent au quai des îles Turques et Caïcos après des jours et des nuits d'un épuisant voyage, un hors-bord, venu de Cuba, était déjà là qui les attendait. C'est de ces îles qu'ils repartirent pour enfin toucher l'Anse, en terre d'Haïti où les accueillirent Mérita et ses fiers camarades de combat, intrépides et loyaux, armés jusqu'aux dents de machettes, de couteaux et de très vieux fusils. Ils devaient regagner ensemble des lieux qui avaient déjà fait l'Histoire. Sans tambour ni trompette, ils atteignirent, de nuit, le sommet de la mystérieuse et légendaire Coupe de P. La magie des lieux et la force du destin voulurent que François soit revenu en personne pour lancer à la face du tyran le manifeste sublime de son groupe baptisé : Forces agissantes du Nord. Nos insurgés prononcèrent un accablant réquisitoire dans lequel ils dénonçaient et condamnaient le régime, responsable de la mort de nombreux citoyens et de l'agonie du pays tout entier. Ils reprochaient, dans la foulée, aux élites de s'être associées depuis l'Indépendance à des dirigeants et à des gouvernements foncièrement corrompus :

« Fatigués de vous entendre parler de nos héros, nous exigeons que vous vous dépouilliez de vos biens mal acquis ; d'arrêter les tueries, les assassinats dont le peuple a toujours été victime. Il a subi avec héroïsme vos outrances. Vous n'avez aucun droit à la légitimité du pouvoir plus centenaire dont vous vous êtes emparés par la force, par la duperie et d'autres indignités. Nous exigeons que les terres de l'État et celles qui ont été volées soient remises, à part entière, à ceux qui les ont toujours cultivées et qui les cultivent encore. Le peuple est avec nous.

Vive la révolution ! Vive Haïti libre ! »

• 17 •

Port-au-Prince brillait de tout son éclat au milieu des klaxons, des fanfares d'un gouvernement omnipotent et triomphant. Les vents de révolte qui avaient soufflé sur les montagnes de la presqu'île du Sud et sur celles du département de l'Ouest avaient été, étouffés dans la barbarie la plus sauvage. Des salles de presse, soumises à l'autorité du plus fort, à la dictature, faisaient état des réalisations du président et fustigeaient toutes les formes d'opposition qui pouvaient émerger de la bourgeoisie traditionnelle, des classes moyennes et des masses populaires : une sorte d'étouffement des soupirs d'espérance, mêlés d'une sourde peur. « Était venu le moment de se parler par signes. » *Le National* tira à la une : « *Les communistes débarquent à l'Anse, François Belle-Enfance à leur tête.* » Puis, le lendemain : « *Après le Sud, le Nord est attaqué.* »

On avait cru tout d'abord à un feu de paille allumé par une femme. Mais, quand on apprit que des combattants, venus de l'extérieur, avaient débarqué, le pouvoir en place comprit et admit la gravité des choses.

Au milieu du brouhaha naissant, le président convoqua l'état-major de l'armée et celui de la milice. Il comptait évaluer avec ses généraux l'impact d'un tel mouvement sur la population jusque-là dominée. Bien sûr, il avait été prévenu du projet d'invasion par son service de renseignements basé aux États-Unis, à New York précisément.

— Il faut les écraser sans tarder, cria le chef des miliciens rugissant de colère.

— L'armée ne va pas à la guerre sans un plan établi, répliqua le chef d'état-major.

Le dictateur ne laissa rien percer de ses mystérieuses et sombres pensées. Il écouta les uns et les autres manifester leur dévouement aveugle, prenant même des paris, dévoilant leur cynisme, jusqu'à leur implacable haine contre tous ceux qui ne s'étaient pas officiellement soumis aux volontés, aux pouvoirs illimités du président.

Celui-ci concoctait entre-temps un habile stratagème : il allait poursuivre les « bêtes » jusqu'à leurs derniers retranchements, les capturer, puis les livrer à sa milice comme on jette des os aux chiens. Ce n'était pas un plan militaire. C'était un plan macabre que dessinent souvent les tyrans sans état d'âme. Les affidés du régime continuèrent de discuter sur les manières de faire avouer leurs prochains prisonniers, « ces apatrides qui étaient venus, poussés par de plus infidèles qu'eux, troubler la paix publique ».

Soudain, le souverain, qui avait pour l'occasion endossé sa tenue de combat, ordonna le silence. Il dicta ses suprêmes volontés, jura d'anéantir tout soulèvement et tout soupçon de révolte planant sur le pays ; annonça qu'il s'adresserait sous peu à la nation entière pour que celle-ci sache que son sort, désormais, était entre les mains d'un seul chef : lui-même.

Une fois les sbires partis, le dictateur fit venir l'un de ses plus sûrs espions :

— Qui est-il, ce François Belle-Enfance qui mène les insurgés de Limbe-Noir ?

— Excellence, c'est le fils aîné de quelqu'un que vous connaissez bien, un avocat de la grande région du Nord.

Et il ajouta d'un air complice :

— Il vous doit beaucoup, il vous doit énormément. Vous le savez.

Cela avait suffi pour que le président conçoive un scénario à glacer le sang.

Port-au-Prince fut alors comme plongé dans les ténèbres. Du matin au soir, les radios reprenaient en boucle le message du chef suprême à la nation. Il ne ménagera personne. Personne ne sera épargné. « Ils périront tous », martelait-il haut et fort. C'était donc un discours cousu de menaces, d'allusions aux ennemis de toujours et même aux partisans du régime qui seraient tentés de joindre les rangs de la contestation. Et sans prendre le soin de dissocier les termes, il reprenait des phrases puisées çà et là, dans d'autres circonstances, pour les adapter, plus ou moins adroitement à sa doctrine politique : *L'insurrection finit quand la révolution commence ; la révolution, dévore ses propres enfants.*

• 18 •

Replié sur lui-même dans son coin du grand Nord, montré du doigt par ses ennemis, ses alliés et même la plupart de ses amis, David Belle-Enfance se sentait bien piégé, traqué. Il eut recours à sa femme, comme il le faisait toujours dans des moments fatidiques. Les doigts des deux mains entrelacés, supportant sa tête penchée en arrière, les yeux levés au ciel, désemparé en somme, David se mit à gémir :

Emmanuelle, Emmanuelle, dans quel sale pétrin François nous a-t-il tous fourrés ? Qu'est-il allé faire dans cette téméraire aventure ? Déjà notre situation se trouve fragilisée par la baisse du prix du café. Nous avons des redevances envers l'État. L'État, c'est le gouvernement. Le gouvernement, c'est le président. Il ne manquait que cet acte irréfléchi de notre fils pour nous plonger dans la disgrâce, dans l'abîme même. Tu vois ce que je veux dire !

Son regard anxieux traduisait le bouleversement complet qu'il vivait. L'homme se sentait déjà exclu, humilié ; partenaire d'hier, apatride du moment. Car, de toute évidence, la famille Belle-Enfance n'avait plus d'espoir à garder, plus de grâce à implorer.

— Le chef ne pardonne pas. Je le sais. Mais tu pourras, tout de même, lui exposer les circonstances atténuantes : l'éloignement, les études, la durée de l'absence et d'autres influences mauvaises, plus directes que la nôtre, ont achevé chez notre fils cette malheureuse transformation.

— Nous allons tous périr. Je te le répète. Nous ne pouvons pas fuir. Je vois déjà des gens qui circulent dans notre quartier, simulant un air absent ou feignant l'indifférence. Ils sont déguisés en clochards, en cireurs de chaussures, même en malades mentaux, pour observer nos moindres mouvements. Je te répète, Emmanuelle, nous sommes perdus !

— Calme-toi, David. Ça ne sert à rien de perdre la tête. Si le président voulait nous faire tuer, il aurait déjà réagi. Or, rien ne nous est arrivé jusqu'à présent. C'est bon signe. Notre mort n'aurait pour lui aucun intérêt. Notre café lui appartient en quelque sorte. Nous travaillons pour le pays et pour lui aussi. Tu es un homme intelligent, un brillant avocat. Tu peux, tu dois convaincre le chef de ton innocence. Toi qui connais si bien Virgile, Cicéron, Sénèque et d'autres illustres noms encore, applique leurs principes. Et tu sortiras vainqueur : « Tirons notre courage de notre désespoir même. »

Un moment de grand silence succéda à cet échange intense. David s'estimait-il prêt pour tenter d'entamer la bataille de sa vie ?

« Demain, j'irai à Port-au-Prince parler au président. Je veux te sauver, épargner ma famille. Il vaut mieux que je me rende, ce, tout à fait librement plutôt que de lui être livré, pieds et poings liés. Je veux être jugé et pouvoir aussi me défendre pleinement en vertu du droit et selon ma conscience. »

• 19 •

UNE BONNE PARTIE DE L'ARMÉE ET DE LA MILICE ÉTAIT DÉJÀ PARTIE combattre les insurgés du Nord. Ceux-ci s'étaient dissimulés dans des coins stratégiques pour opérer la nuit quand l'ennemi, fatigué du chemin parcouru, s'apprêtait à profiter des bienfaits du repos. Leur plan d'action était simple : affaiblir graduellement les villes et les centres secondaires, s'emparer du chef-lieu régional et marcher sur Port-au-Prince. Les attaques par surprise en pleine obscurité commençaient à produire d'encourageants résultats. L'officier qui commandait la ville de Limbe-Noir était un ancien soldat, un enrôlé, comme on appelait ces militaires. Il n'avait encore jamais eu l'occasion de se battre contre des hommes aguerris. Il eut la frousse de sa vie lorsque le colonel du département le désigna pour franchir, le premier avec son bataillon, les limites d'où le feu jaillissait de toutes parts. Il se signa sept fois avant de prendre la route pour se rendre au sommet de la Coupe de P., où se jouait le sort de tous les combattants. Un soldat bedonnant, diabétique de surcroît, qui passait son temps libre à gratter sa guitare en chantant : « *Ti Sonson, lese Kamèn dòmi* », Petit Sonson, laisse Carmen dormir la nuit, se demanda, le sourire aux lèvres, ce qu'il allait faire dans cette galère. Tout en se rappelant presque aussitôt qu'il était un soldat : « J'obéis aux ordres. Un point, c'est tout. » On apprit plus tard, au terme des hostilités, que Marius était mort d'une balle reçue en plein front. Ni partisan du régime ni opposant, il était simplement un artiste, un vrai musicien.

François et ses amis s'étaient bien préparés. Mieux outillés que la plupart des soldats et la majorité des miliciens. Ce fut par dizaines, au début, qu'on compta les pertes. Il en eut quelques-unes parmi les insurgés qui, tout en épargnant la population civile, envahissaient, par assauts soigneusement ponctués, les casernes et les postes de police bien gardés. L'issue du conflit ne s'annonçait pas de bon augure pour les forces du gouvernement quand le président accepta ou fit mine d'accepter de rencontrer Me David Belle-Enfance. Celui-ci avait dû attendre trois jours tout en n'osant pas s'éloigner des limites du palais, avant que le chef de l'État ne daigne le recevoir. Habitué à plaider dans des causes apparemment désespérées, l'avocat ne se dissimula point. Il commença par féliciter le souverain pour les bienfaits de son gouvernement : « Excellence, votre révolution a beaucoup réalisé pour les classes moyennes, la bourgeoisie noire et les masses populaires. Ils sont tous devenus fous, ceux-là qui voudraient vous renverser du pouvoir. Vous êtes notre président à vie. Quand vont-ils le comprendre ? Papa, mon fils se trouve dans les montagnes parmi ces sortes d'écervelés qui sont venus troubler le sommeil des justes. Je viens demander pour lui le pardon de votre Excellence. Nul doute qu'il a été entraîné dans cette aventure par des étrangers en quête de domination ; par des petits-bourgeois en perte de vitesse et de toute essence patriotique. » Se mettant à genoux, il promit au chef, le bienfaiteur de la glorieuse nation, le père spirituel de tous les Haïtiens, de lui ramener son fils doux comme un agneau, aimable comme l'enfant docile qu'il avait toujours été.

Le dictateur, arme au poing, l'écouta en silence. Puis, pris d'une soudaine fureur, comme s'il entrait en pleine transe, il explosa en menaces :

« Je vous attendais ! Je vous ai entendu ! Je veux vous croire innocent des actes de votre fils. Vous allez reprendre la route pour nous le ramener vivant. Votre famille et vous serez épargnés. Mais prenez garde de ne pas me trahir ! La révolution ne doit pas compter de traîtres dans ses rangs. *Mwen kab bwè yon kafe enmè avèk ou.* Je suis capable de boire avec vous un café très amer*.

---

* En créole, boire un café amer avec quelqu'un signifie : lui régler son compte.

Il pleuvait averse ce matin-là quand David Belle-Enfance, malheureux et défait, anxieux et livide au milieu des vents forts, partit de Port-au-Prince pour rejoindre l'endroit stratégique d'où son fils, entouré de sa garde rapprochée, dirigeait la rébellion. Il ne lui fut pas permis de toucher sa ville natale pour finaliser certains projets qui lui tenaient à cœur. Car, grand avocat des lieux, il avait beaucoup de causes en suspens. Il ne fut pas autorisé non plus à atteindre Limbe-Noir. Un peu de repos lui aurait fait du bien. Il quitta donc seul avec pour compagnon un chauffeur zélé à qui il avait autrefois offert quelques menus présents. Sa mission officielle s'annonçait aussi déterminante que risquée. Il devait, avant tout :

1) convaincre son fils de mettre bas les armes ;
2) le ramener vivant au président à vie ;
3) pacifier la région par son autorité morale ;
4) rentrer à Port-au-Prince avant ou au plus tard le 22 septembre de l'année en cours.

La route menant au camp retranché de son fils fut longue à parcourir et le chemin raccourci fut difficile à découvrir. Lorsque la jeep ne pouvait traverser l'une ou l'autre des rivières en crue, David devait se percher sur la tête d'un porteur-passeur pour gagner l'autre rive. Il marcha plusieurs heures, il marcha plusieurs nuits, à la recherche d'une piste qui lui permettrait d'atteindre enfin le contrefort de la Coupe de P. Quelquefois, cependant, il croisa sur sa route quelque deux ou trois paysans qui, en toute innocence, s'ingéniaient à pester contre « ce groupe d'écervelés », ces drôles d'individus venus de nulle part pour troubler leur quiétude jusque-là sans entraves. Dans la cinquantaine avancée, complètement fourbu, moralement vidé, l'homme fut tenté de tout abandonner. Mais au-dessus de sa tête, planait l'ultime menace qui, en cas d'échec de son expédition, le conduirait certainement à un fatal dénouement. Il résista donc et poursuivit son pénible périple. Car, « C'est par votre faute, l'avait assommé le président, que nous en sommes arrivés là. »

À l'insu de David, l'armée et la milice l'avaient précédé. Elles engagèrent aussitôt contre les insurgés une féroce bataille : les fusils parlèrent sous le soleil, sous la pluie, durant plusieurs jours, pendant plusieurs nuits. La suite des événements n'est pas très claire. On raconte cependant qu'exténué, hors d'haleine, David avait choisi l'ultime recours d'expédier à son fils une brève lettre pour le supplier d'abandonner la lutte. Le malheureux messager se trouva pris au centre d'un feu nourri le tuant sur le coup de même qu'une dizaine de pauvres paysans qui, apparemment inconscients du danger, se dirigeaient vers leurs champs au petit matin.

Voici donc la teneur du message de David :

« Au nom de ta mère, de tes sœurs, au nom de l'amour que tu nous portes, laisse tomber les armes. Ce combat n'est pas le tien. Il n'est pas non plus le nôtre. Il n'y a rien de commun entre ces gens et toi. Sauve-nous l'existence en te livrant à moi. Si tu ne te rends pas, nous serons tous punis de t'avoir laissé faire. Le président m'a assuré qu'il te laisserait la vie sauve malgré ton impudence. Des générations disparaîtront si j'échoue dans ma mission. »

Au plus fort des hostilités, le jeune état-major s'était déplacé dans la zone ouest où il devait attendre la nuit pour réévaluer ses forces. C'était toujours dans l'ombre qu'il faisait exécuter les plans élaborés le jour. Et ses alliés paysans, dans leur légendaire prudence, avaient appliqué — pour dérouter l'ennemi — la méthode dite de « veille », laquelle consistait à cultiver la terre en pleine lumière, mais à se porter au combat dès la nuit venue. Ils connurent d'abord de réels succès jusqu'au moment où surmenés, mal équipés, décimés par des attaques à l'arme lourde, par tirs d'hélicoptères de combat, ils durent se replier et dans les faits battre en retraite. L'effectif de combattants allait en diminuant, en même temps qu'ils étaient intimidés par les avertissements de totale destruction qui visaient la région. Les meneurs du groupe durent donc envisager ces troublantes et angoissantes questions : « Fallait-il arrêter les combats pour protéger l'avenir ? Devait-on continuer jusqu'à son dernier souffle ? » De plus en plus, le nombre de combattants diminuait, harcelés, intimidés sans doute par les avertissements de destruction aveugle à laquelle la région était totalement vouée. Le soir de la rencontre, l'inquiétude perça sur les visages. Même s'ils avaient souvent déclaré que « la victoire est au bout du fusil », François et ses six camarades, Mérita et sa garde évaluèrent rapidement l'état des lieux pour constater que malheureusement l'armée dite des ombres était déjà affaiblie. Ils n'ignoraient pas non plus que le gouvernement avait ordonné à tous les soldats et aux miliciens d'éclaircir les montagnes : « Plus un arbre ne doit être capable de protéger la vermine ; il faut la détruire, l'éradiquer totalement de la terre d'Haïti », avait proclamé le président.

Mérita, qui au cours d'un précédent affrontement avait subi une assez grave blessure à la main gauche, exprima le souhait de rester au pays pour poursuivre la lutte. Mais ses compagnons parvinrent à la convaincre qu'elle devait partir en même temps qu'eux. La décision définitive prise, ils abandonnèrent leur camp de fortune et se mirent aussitôt en route.

De montagnes boisées en vallées encaissées, de plateaux désolés en plaines cultivées, traversant des rivières en colère, ils atteignirent au bout de deux jours la grève du môle Saint-Nicolas. Ni François ni ses amis n'avaient encore vu un tel paysage. C'est là qu'avait débuté la conquête espagnole, le 6 décembre 1492. Ô merveille, quelle merveille ! de contempler la rade qui s'élargit comme un triangle à l'ouest, au contact des hauts fonds, et qui s'effile à l'est en touchant les rives élevées de l'isthme. Ce bras de terre configure, avec une petite plate-forme, la presqu'île en crochet qui vient encercler la baie pour la protéger des grands vents. Plages de sables fins et blancs, mer claire et bleue :

bleu indigo, vert émeraude, eau pleine de coraux que fréquentent une multitude de poissons multicolores. L'attrait de cette nature calme, souriante et souveraine les aurait invités à goûter au repos bien mérité des guerriers fatigués. Mais ils avaient en eux-mêmes des appels futurs et d'autres nobles missions à accomplir. Ils étaient justement attendus par un bateau étranger caché dans le couloir, qui devait les transporter en un autre lieu. Michel, Jean-Paul, François, Pedro, Manuel et Mérita avaient décidé d'aller vivre à Cuba, tout près des soubresauts qui ne manqueraient pas d'agiter la terre d'Haïti. Tandis que d'autres causes au Venezuela où ailleurs réclamaient la présence de Ramirez et de Pérez. Avant de s'embarquer pour la grande île voisine, François rédigea à l'intention de la nation tout entière une proclamation qu'il fit diffuser par le truchement des médias environnants. Parodiant un peu les propos du fier cacique Henri aux Espagnols dans le Bahoruco, il faisait connaître sa pensée en termes non voilés :

« Les soldats, les miliciens, les sbires du président, tous assoiffés de sang, de pouvoir, de fortune, ont pillé notre pays et sacrifié nos gens. Qu'ils renoncent désormais à nous capturer vivants ! Car nous ne nous mettrons jamais à genoux pour être torturés et couverts d'infamie. Nous avons juré de rendre au peuple sa dignité et sa liberté d'antan. Jamais au cours de notre histoire, le pays n'a connu un chef d'État aussi sanguinaire, aussi vil. *Et son nom paraîtra dans la race future, aux plus cruels tyrans, une cruelle injure.* »

C'est dans des versets d'une forte intensité poétique que se terminait son déchirant appel :

« *Au bout de mon amour, au bout de ma folie,*
Je reviendrai vers toi, mon pays, ma patrie.
Au bout de ma colère, au bout de mon dépit,
Je reviendrai vers toi, mon pays, Haïti.
J'ai rêvé, j'ai rêvé, j'ai rêvé
Que dans l'arène immense,

Par la faute de tes aînés,
Tu pleurais en silence.
J'ai vu même saigner tes entrailles,
Sous le coup de leurs fortes mitrailles.

J'ai crié, j'ai crié, j'ai crié.
À combattre je me suis décidé.
L'univers peut s'écrouler
Pourvu que tu existes.
Le monde t'a condamné,
Malgré tout, tu veux vivre.

Un jour viendra où ton sang jaillira
Sur tous les scélérats.
Nous reviendrons par tous les chemins
Sauver ton lendemain.

Au bout de mon amour, au bout de ma folie,
Je reviendrai vers toi, mon pays, Haïti. »

• 20 •

LA NOUVELLE DE LA FUITE INATTENDUE DES JEUNES LEADERS FIT tache d'huile. Les adeptes du régime exultaient. Partout, autant à Port-au-Prince que dans les autres grands centres, ce furent des orchestres de klaxons, de tambours, de voix mêlées de cris de haine qui accompagnèrent la tournée des partisans du dictateur. On exposa à la vue de tous les cadavres des rebelles tués, mais on inhuma en secret ceux des soldats et des miliciens tombés dans la bataille. Ayant récupéré sa superbe désormais affranchie de toute inquiétude, le chef ordonna d'abord qu'on achève de brûler toutes les forêts. Puis, il exigea qu'on arrête et emprisonne le père de Mérita. « Il est le père légitime et nourricier de la vermine ! », avait-il clamé. Le « *viejo* » était profondément sincère, car il aimait la terre. Il n'avait pris part à aucune réunion, aucune action directe ou indirecte qui eût pu lui confier un quelconque rôle, lui attribuer un titre. Qu'arriva-t-il de sa vie ? Quelle fut sa destinée ?

Quant au père de François, l'honorable avocat, il n'eut même pas le temps de rentrer au bercail, revoir sa femme et ses deux filles bien-aimées. Il fut saisi *manu militari*, menotté, puis embarqué à l'arrière découvert d'un camion pour être présenté au président conformément à la demande expresse de celui-ci. La scène fut horrible, aux dires des témoins qui ont pris le risque d'en parler.

Le chef suprême descend lentement l'escalier qui mène à son bureau. Sur son passage, gardes, employés, sentinelles et serviteurs se prosternent comme pour saluer un roi. Chacun espère capter un signe qui lui permettra de s'en approcher. Il marche lentement, tête baissée, arme au poing. La porte s'ouvre. La salle est grande. Mais sombre. Trois hommes armés de gourdins se tiennent l'un à droite, l'autre à gauche et un autre en arrière du détenu. L'homme, de lui-même, se met à genoux, les bras en croix. Le président lui fait signe de se relever. Il s'adresse à lui de sa voix nasillarde :

— Belle-Enfance, mon ami, je vous avais bien prévenu. Je tolère la poltronnerie, la lâcheté. Les peureux peuvent être quelquefois utiles. Mais je déteste les traîtres. J'exècre l'ingratitude. Je ne pardonne pas aux hypocrites.

Il esquisse un signe de la tête. Et une avalanche de coups de poing s'abat sur l'homme déshonoré. Le café est amer en ces temps difficiles. Belle-Enfance tente d'ouvrir la bouche.

— Je ne vous en ai pas encore donné l'ordre, admoneste le président. Je commande tout le pays, voire un malandrin comme vous.

— Je... vous demande... pardon, ose bafouiller David.

— Vous reconnaissez vos forfaits, vous avouez avoir participé au complot contre l'État, contre moi.

— Ce n'est pas ça que je voulais dire, Monsieur le...

Une autre pluie de coups, de violents coups frappent sa tête, ses épaules, ses hanches. Et quand l'un des tortionnaires, d'un geste prompt, heurte ses genoux, il tombe face contre terre, brisé, en implorant le tyran de lui laisser la vie sauve :

« Je ne veux pas mourir. Accordez-moi la grâce, Excellence, de revoir ma femme et mes deux autres enfants. »

La séance de torture dura deux heures, au cours desquelles le président et ses hommes touchèrent le fond de l'ignominie, de l'absence flagrante et déshonorante d'humanité. *Car on ne peut maintenir quelqu'un à terre sans y rester avec lui.* Belle-Enfance fut conduit au « Fort La Mort », réputé pour ses conditions infrahumaines de détention. Il y vit chaque jour, chaque nuit, des êtres totalement désarmés, complètement nus, qui étaient exécutés par des femmes et des hommes sans aucun état d'âme. Frappé, après deux années d'incarcération, de surdité, puis de toutes sortes de maladies et de maux, David Belle-Enfance fut libéré et retourna dans sa ville natale et au sein de sa famille pour essayer de se rétablir durant le peu de temps qu'il lui restait à vivre. Il ne possédait plus ni maison ni domaines caféiers ; il n'avait plus ni clients à défendre ni accusés à traîner devant les tribunaux. Le café, autrefois si puissant dans sa vie, était devenu très amer sur ses lèvres meurtries.

• 21 •

À LA HAVANE, AU CENTRE DE LA JEUNESSE RÉVOLUTIONNAIRE, quelque deux années plus tard, on commémorait avec allégresse le triomphe éclatant du mouvement populaire. Le blocus imposé alors à la nation ne semblait pas affecter les grands idéaux soutenant la révolution. Après toutes ces années, on parlait encore, chez les jeunes, de l'exemple à suivre dans la Caraïbe et en Amérique latine. Michel, Jean-Paul, François, Mérita et les autres s'étaient à fond impliqués dans les activités sociales, éducatives et médicales déployées au cœur des institutions nouvelles. En même temps que se transformait la société cubaine, le régime haïtien de son côté lançait des signes d'un certain essoufflement.

Le départ ou l'effacement d'un homme pouvait-il signifier la fin d'un mauvais rêve ? Des discussions soutenues, qui s'étalaient sur des journées et parfois des nuits entières, alimentaient la réflexion de ces infatigables militants. Les propos venaient tout naturellement de l'un et de l'autre :

— Il y a une différence certaine entre régime et gouvernement.

— Laquelle ? Peux-tu développer ton idée ?

— Bien sûr que oui. Un régime, c'est toute la structure économique, sociale et politique sur laquelle est assis un pays. Tandis qu'un gouvernement n'en est que le représentant, un simple exécutant.

— Tu veux signifier par là qu'un régime prend plus de temps à perdre ses racines qu'un gouvernement à s'en aller !

— La rumeur veut que le président à vie soit très malade, au seuil de la mort.

— Si c'était vrai, s'il lui arrivait de mourir, comme nous le souhaitons, Haïti ne serait pas guérie de son mal profond !

— Alors, ce que nous avons fait, nos actions militantes, nos sacrifices, tout notre comportement que les gens qualifient de héroïque ne servirait à rien.

— Ce sont de vraies semences qui pénètrent dans la terre et qui la fortifieront. Ce ne sera sans doute pas fait par nous, mais par d'autres plus jeunes encore que nous. Ils seront spontanés, proches des sources de la vie ; ils se dresseront pour secouer les chaînes d'un régime périmé. Ils oseront enfin tout pour se replonger dans l'absolue nécessité de changer la destinée de leur patrie et, peut-être, celle du monde !

— Donc, cela confirmerait que si le leader « *máximo* » disparaissait aujourd'hui, la grande révolution cubaine ne serait pas pour autant terminée !

— Bien sûr que non. Mais rassurez-vous, camarades, il n'a que 41 ans.

Autant de considérations et de questions qui nourrissaient l'espoir que le processus de changement, une fois commencé, ne s'arrêterait pas en chemin, en dépit de longues vicissitudes. À peine était-elle arrivée à Cuba que Mérita apprenait l'arrestation brutale de son père qui n'avait pas tenté de fuir, malgré les conseils soutenus de ses voisins et de parents proches. Sa mère Joyeuse s'était mise à genoux pour prier Dieu et avait demandé aux miliciens, venus les brutaliser, qu'elle soit emmenée au même endroit que son cher Antoine, les deux garçons ayant péri dans la foulée des combats qui avaient marqué la révolte.

1971. En apprenant la mort lente et pénible du président-dictateur, François reçut coup sur coup la nouvelle de la maladie, puis du décès de son père. Sa mère n'avait pu, à aucun moment, le tenir au courant de la longue traversée du désert que la famille avait dû subir tout au long de ces temps troublés. Pris de douleur, en dépit de sa foi en la révolution, il montra quelques signes de faiblesse et d'indécision.

La fin presque mélodramatique du tyran ne laissa aucun doute sur la capacité du régime de se perpétuer, quitte à modifier légèrement aux yeux de Washington certains comportements. Le pouvoir passa donc des mains fortes du père à celles tremblantes du fils. Le jeune président accepta, non sans peine, le rétablissement des rapports entre Haïti et l'étranger. François en profita pour écrire à sa mère :

« *Déprimé, je le suis. Complètement abattu par la cruelle nouvelle des mauvais traitements infligés à mon père et par la mort qui s'ensuivit. Si j'ai gardé le silence depuis mon départ précipité pour la terre étrangère, c'est parce que j'ai cru, à un certain moment, qu'il avait définitivement pris parti contre moi. Lorsque j'ai su toutes les souffrances et humiliations qu'il avait endurées, je me suis ravisé. Et je me suis senti un peu responsable de toutes ses épreuves. Aujourd'hui, ma peine est plus profonde encore que durant les premiers jours. Je suis pris entre la tristesse et le remords de ne lui avoir pas confessé toute la vérité au sujet de mes activités secrètes. Je me console à l'idée que, quoi qu'il pût arriver, j'aurais suivi ma route, évitant toute dérive, méprisant le danger. Celui-ci n'existe que dans l'esprit de ceux pour qui tout paraît impossible. Comment vont Maryse et Mérilène ? Je leur pardonne tout ce dont elles auraient été la cause. Leur affection pour moi a fait tout basculer. J'espère sincèrement qu'elles n'ont pas été touchées comme le furent cruellement les frères de Mérita. Le sort est affreusement implacable et injuste parfois. Il se joue de nos sentiments, de nos désirs, et même de nos préjugés. À vouloir à tout prix être équitable, on finit par être confus face à nous-mêmes et à ceux qui de loin nous observent. Je souhaite à mes sœurs tout le bonheur qu'elles méritent. Elles n'ont pas été préparées à affronter les difficultés qui ne tarderont pas à se dresser sur leur chemin. J'ai appris que, par ma faute, vous avez été dépossédés de vos biens tant en ville qu'à la campagne. Il est peut-être trop tard pour toi de te remettre au travail. Nous prendrons soin de toi.*

Mon père fut un homme de caractère. Et je m'en voudrais de ne pas le reconnaître. Pour ce qu'il m'a donné, pour ce qu'il m'a appris, j'aimerais à mon retour déposer sur sa tombe une gerbe de fleurs afin que "l'oubli, second linceul des morts", n'enveloppe à jamais sa mémoire ternie. »

• 22 •

1986. La dictature est défunte depuis quelques quartiers de lune. Revenus de partout, ils ont parcouru, le souffle haletant, les quatre chemins de l'exil volontaire d'abord pour certains, devenu forcé ensuite pour d'autres. Comme un vol d'hirondelles annonçant le printemps, après les privations d'un hiver qu'ils ont cru sans fin, les fils rescapés de septembre au numéro vingt-deux regagnent sans tarder la terre de leurs ancêtres. S'amenant de divers horizons, d'Espagne, d'Angleterre, de Suisse, de l'Europe tout entière, d'Afrique, d'Amérique et d'autres continents, ils apportent leurs indéniables talents, enfin, leur précieuse pierre à la reconstruction de la terre en perpétuel devenir.

> *Heureux qui comme Ulysse,* scandent-ils alors, *a fait un* «long» *voyage*
> *Ou comme celui-là qui conquit la Toison*
> *Et puis est revenu plein d'usage et raison*
> *Vivre entre ses parents le reste de son âge !*

Ils sont tous venus revoir leur village trop longtemps abandonné, consoler ceux qui, durant la grande noirceur, avaient perdu un frère, une sœur, un ami, un proche. Ils sont là, tantôt perdus, tantôt émerveillés. Le fils du tyran, tyran de sang lui-même, a pris, durant une certaine nuit de février, la poudre d'escampette, après qu'un peuple debout, encore une fois pieds nus et sans armes déclarées lui a dit : Non, cent fois, mille fois Non. C'est assez !

François Belle-Enfance, Mérita Cazéli étaient bien de ceux-là. Ils avaient, pour rentrer, joint la Guadeloupe, Port-au-Prince et la Havane n'étant en ce temps-là pas reliés. Il existe des ponts difficiles à rétablir, surtout quand des liens fraternels entre deux nations voisines ont été brutalement coupés. Parti de Pointe-à-Pitre, l'avion suivit tout droit le courant d'air qui le déposa sur la piste de l'aéroport « Maïs Gâté ». Comme ils venaient de l'est avant de toucher le sol de leur chère Haïti, François et Mérita avaient survolé les mornes dénudés, dévastés tant par la nature que par l'initiative humaine. Ils n'avaient pu s'empêcher de comparer, troublé par l'émotion, l'aspect désolé, hideux même, que présentait la terre de leur pays à la luxuriante végétation qu'offrait à leurs yeux la république voisine. Quelle honte !

Leur arrivée à Port-au-Prince ne fut ni remarquée ni soulignée puisqu'ils n'étaient pas connus à l'instar de tous ceux qui foulaient en grande pompe le sol de leur pays, après une absence qui n'avait que trop longtemps duré. François prit immédiatement ses dispositions pour regagner sa ville natale, là où son père avait vécu les sombres, lents et derniers moments de son existence. Le gros camion-marchand qui les transportait gravit d'abruptes pentes, traversa plusieurs villages situés sur le parcours qui devait mener François, le cœur battant, extrêmement fatigué, au chevet de sa pauvre mère mourante. Visage totalement anonyme parmi la masse grouillante de voyageurs, il se laissait balloter par le roulis du véhicule et le vrombissement de son moteur. Qui pouvait se souvenir de ce jeune homme assez téméraire pour avoir affronté le tyran sanguinaire au milieu des sons lugubres de sirènes et des bruits étourdissants de balles ! Oui, c'était lui François Belle-Enfance qui avait tout sacrifié pour que son peuple ait le plein droit de vivre et son pays celui d'exister.

Ô mon pays, se prit-il à soupirer, remémorant les vers du poète auquel il joignait ses élans intérieurs,

Ma règle d'or
Mon équerre et mon compas
Mon héritage incontestable

Ma case aux trois entrées

Le bois sacré de mes initiations, « de mes désirs fous »

Ma famille sans cesse « reconsidérée »

Mon Évangile, que ne donnerai-je pour mourir dans tes bras !

Et qu'elle est belle la lumière qui brille sur ton visage serein

Quand éclate au grand jour toute ta sollicitude !

Le camion, chargé de marchandises lourdes, de passagers placés n'importe où, n'importe comment, sur le capot, sur les ailes comme des éclaireurs indolemment assis, debout sur les marches à droite, à gauche du conducteur, méprisant le danger, continua de rouler, contournant les sommets avant d'aborder les terrains plats qui mènent aux portes de la ville. Là, accompagné de Mérita, et tenant dans ses mains un bouquet de roses apporté de la Guadeloupe, François se dirigea chez sa mère qu'il trouva très affaiblie.

« Je n'attendais que toi pour partir, lui souffla-t-elle. Avant de m'en aller, je voulais revoir encore une dernière fois celle qui t'a communiqué l'ardente fièvre de notre cher pays. »

François embrassa ses sœurs qui parurent indifférentes à la présence de Mérita, la guerrière, à la fois timide et fière. Puis il se rendit, sans perdre un instant, au lieu où repose le corps de son père. La tombe semblait presque abandonnée puisqu'il avait été interdit, pendant plusieurs années, à quiconque de s'en approcher. Le jeune homme déposa la gerbe de fleurs comme un humble témoignage à David de sa reconnaissance, celle de lui avoir donné l'occasion de connaître la brave Mérita et les gens simples de Limbe-Noir. Que de souvenirs lui sont revenus et qui l'accompagneront toute sa vie !

Le lendemain matin, François et Mérita s'empressèrent d'aller à la rencontre d'une dizaine de cultivateurs, des habitants de Limbe-Noir. Ceux-ci les reçurent comme des enfants prodigues ayant parcouru mille chemins, percé mille horizons, frôlé tous les dangers pour enfin accéder à la source du savoir-être, de la vie et de l'amitié profonde, à l'aube de la nouvelle saison. Accueil chaleureux, délirant même, qui les consola des pertes essuyées durant le sombre règne des barbares impénitents.

Aidé de Mérita, François restaurera la maison familiale enlaidie, y installera sa clinique populaire, instituera dans la région des coopératives agricoles pour aider les travailleurs à concrétiser leurs rêves. Tous les deux, en communion de pensées, soigneront les malades, les blessés, les laissés-pour-compte ; participeront chaque jour aux travaux des champs, partageront les efforts consacrés au triage, au séchage du café, comme au temps de l'éclosion des jeunes sentiments. Alors, il leur suffira d'esquisser, encore et souvent, les mêmes gestes pour mériter de mourir dans leur pays, d'y être dignement enterrés, de se fondre et de se dissoudre dans les cendres de leurs ancêtres, de ressusciter, herbes sur terre, de renaître, fleurs sauvages que viendront ramasser des enfants qui, en toute humanité, auront grandi dans leur terroir pour devenir, en tout temps, le giron de leur communauté, de leur patrie.

III

Pour quelques livres de plus

(Poème)

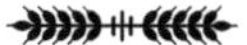

J'aime, comme un jardinier, que l'espèce des justes
ne souffre point de celle des impies.
Eschyle, *Les Euménides,*Ve s. av. J.-C.

Manmam voye m peze kafe o

Men lèm rive sou pòtay

Twa jandam arête m

Mezanmi anmwe

*Sa ma di lakay lè ma rive.**

Tu allais par les bois et les sentiers boueux,

Ensoleillés parfois mais souvent escarpés

Toi, la fille aux pieds nus, débordante de ferveur

À l'endroit de ta mère et de ton père aussi.

Tu avais à peine dix ans, quand tu commenças,

Accompagnée des tiens, à livrer le café

Aux acheteurs jeunes et vieux avides de richesse.

Et leur désir profond de tout accaparer

S'enivrait de ton corps, parfum de convoitise.

À cet âge innocent, tu transpirais, Mélissa,

Ô Mélissa, la brune et franche fille des mornes,

La fraîcheur douce du vent quand le matin se lève

Et que l'odeur des fleurs embaume la rosée.

Devenue à quinze ans le tendre et juteux fruit

---

* Paroles d'un air populaire qui témoignent de l'injustice faite à la paysanne haïtienne.

Que tout le monde disait prêt à être cueilli,
Tu avais sur les bras la maison, la famille.
Ton père paralysé à la suite d'une chute,
Les jambes et bras pliés attachés à sa chaise,
Avait besoin de toi pour manger et dormir,
Ne demandait rien d'autre que de pouvoir survivre.
Quinze ans à peine, toi, fille de l'aube et des vents d'été,
Tu allais, pluie battante, souvent, soleil brûlant,
Vendre en ville, en plein mois d'août, produits de ta terre,
Espérant en retour la somme toute rondelette
Qui permettrait d'acheter ce dont tu avais besoin
Pour vivre, pour résister aux malheurs menaçants.
Ta mère, avec courage, t'avait recommandé
D'aller voir Maria, la grande couturière du lieu
Pour lui parer deux robes aux multiples dentelles
Que toutes deux vous porteriez à la fête paroissiale.
Ce serait pour bientôt la joyeuse farandole
Qui réunirait au bourg les personnes de tous âges
Pour qu'elles puissent boire et danser en toute amitié.
Tu achèterais sel, poivre et poisson séché,
Ce que tu ne peux trouver dans ton morne éloigné.
Quelques aunes de tissus de couleurs variées,
Tout pour réjouir le corps et embellir la vie.
Ton allure était fière comme le fond de ton âme
D'où montaient gracieusement d'opulentes floraisons

D'images qui parfument et s'épanouissent soudain
Tels les lis des champs quand l'aube est réjouie.
Ton avenir, tu le savais déjà assez longtemps,
Ne résidait point dans les yeux étincelants
De ces hommes assoiffés d'ostensibles plaisirs,
Mais dans l'harmonie de ce que tu es pleinement.
Quand vint pour toi l'instant d'affronter tes ennemis,
Toi venue d'en dehors, eux ancrés dans la ville,
Tu levas tes grands yeux, imposant ta présence
Comme l'ultime action témoignant ta fierté.
Qui a osé dire et sans réserve proclamer
Que tu devais te soumettre aux désirs affamés
Des plus puissants, avares et mieux nantis que toi ?
Personne ne peut prétendre qu'ainsi était la loi.
Tu souriais à tous, à ces méchants gendarmes
Que tu croisais souvent sur ton chemin ardu.
Propos cajoleurs que tu croyais bien sans âme,
Et qui pourtant cachaient la violence destinée
À ton corps de femme vive, mais hélas ! sans défense.
« *Bèl ti fi, bèl ti moun, mwen renmen w pou fanm mwen,*
Se ou ki pou you jou vin mètrès bèl kay mwen,
Se ou menm mwen chwazi pou w vin manmam pitit mwen
Bèl fanm, bèl cheulèn nan peyi zansèt mwen. »
Tu avais bien compris : ces aveux sans ambages
Constituaient au fond de terribles menaces

À ta vie, à ta tête trop souvent écrasées,
Douce femme de la campagne à l'honneur sacrifié.
Avant de les quitter, ta chaumière, ton quartier,
Tu eus la saine prudence de peser le café
Que ta mère t'avait confié pour améliorer son sort.
L'homme fort, pour pèse-café, avait saisi une pierre,
Déposée dans un coin, réservée à cette fin.
D'une main, il tint la roche et de l'autre le produit.
Par des gestes répétés, il conclut calmement
Que la vente serait bonne et profitable pour tous.
Tu partis, « femme-jardin », précoce en ce temps-là,
Tenter la chance de faire valoir ton juste prix
Aux acheteurs connus, du plus fort au plus petit.
Pour quelques livres de plus, tu étais toujours prête
À porter ton café d'une balance à une autre,
Le but ultime étant le surplus de son poids
Qu'accepterait d'accorder le dernier rencontré.
— Quarante livres au total, ça vous fera cent gourdes.
— Non, Monsieur, non, Madame, ça en vaut davantage.
— Pas besoin d'insister, vous n'en aurez pas plus
Ni ici, ni ailleurs, ni maintenant, ni demain.
Et cela continua jusqu'au moment fatal
Où l'acheteur, sans scrupule, sans aucun état d'âme,
Cria à haute voix : Au voleur, au secours !
Ces gendarmes qui passaient, tout frustrés, tout blessés

Dans leur fier, masculin, mal fondé amour-propre,
T'accusèrent de fraude grave, de paroles mensongères,
D'outrage aux gens de bien, aux dignes représentants
De l'État, de ses gardes, de ceux qui le supportent.
Alors, ce fut pour toi le désastre, l'anathème.
Ils t'emmenèrent vite au poste, au tribunal ensuite.
Le juge te condamna sans t'avoir écoutée.
Il était de l'autre côté, il était de leur rang.
« Selon que vous serez puissant ou misérable,
Les jugements de cour vous rendront blanc ou noir. »
Tu marchas fièrement, conduite à ta prison,
Les mains liées, placées derrière le dos, le front haut
Comme si rien ne pouvait la souiller, ta noblesse.
Tu y passas vingt jours, tu y restas vingt nuits.
Puis tu recouvras ta chère mais frêle liberté.
Nul ne saura jamais, Mélissa, femme courage,
Ce qu'il advint à ton corps dans l'abîme plongé !
L'un aura saisi tes bras, l'autre réduit tes cris
Au silence angoissé d'éternels humiliés.
Revenue chez toi, au beau milieu de la nuit,
Tu diras à ta mère, à ton père affaiblis
Que tu connus l'angoisse, le martyre et le reste
Pour avoir osé parler et tenté d'obtenir
L'équitable prix à quelques livres de plus.

Table des matières

Partie III

Romans et nouvelles des Caraïbes aux éditions L'Harmattan

Dernières parutions

CHRONIQUE DES LILAS
Georges Leno
Les Antillais de France héritent de leur exil une curieuse métamorphose : ils se transmuent en Négropolitains. Ce calembour accuse l'altérité de ces exîliens et leur prête implicitement une abjuration de leurs origines. Gaby, jeune exilé dans le Paris des années soixante, n'échappera pas au grief. Creuset où se fondent français et créole dans leurs styles populaires ou recherchés, le roman se déploie dans une langue plurielle et fournit une écriture dense, une nouvelle poésie du contact des cultures.
(Coll. Lettres des Caraïbes, 29 euros, 290 p., décembre 2012) ISBN : 978-2-296-99727-1 EAN PDF : 9782296510715 EAN ePUB : 9782296988996

SUR LA ROUTE DE MONTE CHRISTI
Adios Cuba te quiero - Roman
Mikaël Rémond
La Caraïbe dans les années 1990. Les aventures de gens de mer à la poursuite de leur légende personnelle. De La Havane à Fort-Liberté, l'auteur nos entraîne dans une succession d'événements et d'intrigues, de rencontres amoureuses et de réflexions personnelles. Il dresse un tableau bigarré et cherche à nous faire partager une part plus intime de ces deux pays. Et son final inopiné en fait une histoire vraie, à quelques millions de dollars près...
(21 euros, 196 p., décembre 2012) ISBN : 978-2-336-00193-7
EAN PDF : 9782296511729

DEUX (LES) ENFANTS DE SAINT-DOMINGUE
suivi de *L'esclave de Saint-Domingue*
Julie Gouraud – Présentation de Roger Little
Ce sont les retombées de la révolution haïtienne, vues à travers les expériences d'une famille créole, que Julie Gouraud présente dans ce roman. Dans la nouvelle de Michel Möring, une autre famille créole fuit la même révolte. Dans les deux cas, on voit bien que les esclaves participent du *topos* du bon sauvage ancré dans la littérature depuis Rousseau.
(Coll. Autrement mêmes, 23 euros, 202 p., octobre 2012) ISBN : 978-2-336-00205-7
EAN PDF : 9782296507302 EAN ePUB : 9782296985582

NOËL NOIR – Les trois tanbou du vieux coolie - (tome 2)
Raphaël Caddy
Ce voyage qu'il avait tant appréhendé lui sembla en fin de compte très court. En mettant le pied sur la terre de France, cette terre dont tous rêvaient, cette

«Terre divine», il ne put s'empêcher de verser une larme. Le souvenir de cette «veille de Noël» où les foudres du ciel lui étaient tombées sur le cœur lui revenait en mémoire. Le port de Marseille était inondé de lumière, la gare St-Charles fourmillait de monde. Et pourtant l'enlèvement eut lieu ! Première et terrible défaite !

(Coll. Lettres des Caraïbes, 34 euros, 336 p., septembre 2012)

ISBN : 978-2-296-96432-7

UN TRAIN DANS LA NUIT – Les trois tanbou du vieux coolie – (tome 3)

Raphaël Caddy

«Et dans ce train menant un vacarme infernal et hurlant sa peur dans la nuit ; dans le long et froid couloir de cette machine d'Enfer, le vieux Coolie, assis à califourchon sur son «Toung-Bang» lui souriant de toutes les ridules étoilant le coin de ses yeux pétillants de malice.» (Extrait.)

(Coll. Lettres des Caraïbes, 27,5 euros, 266 p., septembre 2012)

ISBN : 978-2-296-96433-4

EN GUYANE : LE NOMMÉ PERREUX

Suivi de *Nouvelles antillo-guyanaises*

Paul Bonnetain

Présentation de Frédéric Da Silva

Paul Bonnetain rapporte de son expérience militaire aux Antilles et en Guyane une série d'anecdotes et de descriptions impressionnistes qui sont les témoignages ironiques et pittoresques de la vie coloniale à la fin du XIXe siècle. Il en propose une vision bien plus sombre dans *Le Nommé Perreux*, roman naturaliste qui dépeint le destin tragique d'un jeune troupier. Les textes rassemblés dans ce volume offrent comme un contrepoids aux récits d'explorateurs et aux romans d'aventures qui ont nourri les illusions coloniales.

(Coll. Autrement mêmes, 31 euros, 284 p., juillet 2012) *ISBN : 978-2-296-99388-4*

ENFANT (L') QUI VOULAIT DEVENIR PRÉSIDENT

Roman

Pierre Beaudelaine

Dans ce roman, l'auteure nous entraîne dans le pays «d'en dehors», l'Haïti rural de l'Artibonite. A travers les personnages, celle-ci nous fait partager la vie quotidienne du marché et des quartiers de Saint-Michel-de-l'Attalaye. Dans une langue savoureuse traversée par un créole haïtien riche et expressif, Beaudelaine livre la chronique d'un petit bourg sous la dictature de Baby Doc. Le fabuleux destin du héros est hanté par l'histoire haïtienne et le désir du peuple haïtien de bâtir une nation pour tous et pour toutes.

(Coll. Lettres des Caraïbes, 22.00 euros, 224 p.) *ISBN : 978-2-296-97003-8*

L'HARMATTAN, ITALIA
Via Degli Artisti 15; 10124 Torino

L'HARMATTAN HONGRIE
Könyvesbolt ; Kossuth L. u. 14-16
1053 Budapest

ESPACE L'HARMATTAN KINSHASA
Faculté des Sciences sociales,
politiques et administratives
BP243, KIN XI
Université de Kinshasa

L'HARMATTAN CONGO
67, av. E. P. Lumumba
Bât. – Congo Pharmacie (Bib. Nat.)
BP2874 Brazzaville
harmattan.congo@yahoo.fr

L'HARMATTAN GUINÉE
Almamya Rue KA 028, en face du restaurant Le Cèdre
OKB agency BP 3470 Conakry
(00224) 60 20 85 08
harmattanguinee@yahoo.fr

L'HARMATTAN CAMEROUN
BP 11486
Face à la SNI, immeuble Don Bosco
Yaoundé
(00237) 99 76 61 66
harmattancam@yahoo.fr

L'HARMATTAN CÔTE D'IVOIRE
Résidence Karl / cité des arts
Abidjan-Cocody 03 BP 1588 Abidjan 03
(00225) 05 77 87 31
etien_nda@yahoo.fr

L'HARMATTAN MAURITANIE
Espace El Kettab du livre francophone
N° 472 avenue du Palais des Congrès
BP 316 Nouakchott
(00222) 63 25 980

L'HARMATTAN SÉNÉGAL
« Villa Rose », rue de Diourbel X G, Point E
BP 45034 Dakar FANN
(00221) 33 825 98 58 / 77 242 25 08
senharmattan@gmail.com

L'HARMATTAN TOGO
1771, Bd du 13 janvier
BP 414 Lomé
Tél : 00 228 2201792
gerry@taama.net

Achevé d'imprimer par Corlet Numérique - 14110 Condé-sur-Noireau
N° d'Imprimeur : 96669 - Dépôt légal : mai 2013 - *Imprimé en France*